KEITAI
SHOUSETSU
BUNKO
野いちご SINCE 2009

だから、好きだって言ってんだよ

miNato

○ STARTS
スターツ出版株式会社

高校生になったら素敵な恋をして、王子様みたいな優しい人と付き合うんだって決めていた。
　だけど、
「悪かったな、好きで」
「えっ!?」
　そう言ってきたのは、いつもあたしをからかってバカにしてくる昔からの男友達。
「バーカ。冗談に決まってんだろ？
なに？　本気にしたんだ？」
　な、なんなの？
　こんなことまでからかってくるなんて最低!!
　そう思っていたのに、
「こわかっただろ？　強がる必要ないし」
　なぜか優しくて。
「バーカ」
　でもやっぱりイジワルだし。
「どんな気持ちで今日来たと思ってんだよ？」
　翻弄させるようなことを言うし。
　最初はなんとも思ってなかったのに、いつしかドキドキするようになっていた。

だから、好きだって言ってんだよ

イジワルなアイツ	8
不意打ちの告白	31
王子様の頼みごと	44
冗談に決まってんだろ	56
不意打ちのファーストキス	70
気まずい関係	96
ドキドキ	122
夜の公園で	141
プレゼントと涙	174

☆contents

| やつ当たり | 197 |

| 揺れ動く気持ち | 211 |

| 陽平の彼女 | 229 |

| だから…… | 242 |

番外編 1 陽平×愛梨
| たくさんの思い出 | 262 |

番外編 2 深田さん×???
| さよなら恋心 | 286 |

| あとがき | 310 |

だから、好きだって
言ってんだよ

イジワルなアイツ

「よし、完璧！」

部屋の全身鏡の前に立ったあたしは、クルッとひとまわりしてニコッと微笑む。

派手すぎず地味すぎず、どこからどう見ても普通の女子高生だ。

やっぱり、最初が肝心だって言うもんね。

浮かないように、目立ちすぎないように、スカート丈は膝より少しだけ上にした。

ホントはもうちょっと短くしたいけど、入学早々先生や先輩に目をつけられたくないから、しばらくはおとなしくしとくんだ。

——コンコン

気合を入れていると、部屋のドアが突然ノックされた。

「愛梨ー？　起きなさい、遅刻するわよ」

お母さんの声が聞こえてきて、ハッとする。

えっ？

もうそんな時間!?

慌てて時計に目をやる。

ただ今、8時10分……。

じゅ、10分!?

「ウソッ!!」

顔からみるみるうちに血の気が引いていく。

いつの間にそんな時間になってたの!?
信じられない。
新しい制服がうれしくて、思わず浮かれてしまった。
やばい、遅刻するっ！
　——ガチャ
「あら、起きてたの？　それなら、さっさと下りてらっしゃい」
　ドアが開いたかと思うと、呆れ顔のお母さんがヒョイと顔を覗かせた。
「なんでもっと早く言ってくれないのー？」
「なに言ってるの。ずっと呼んでたわよ」
「ウソだ〜！　聞こえなかったよ〜！　あー、間にあわないかも」
　いまだに呆れ顔を見せているお母さんに、あたしは半泣き状態。
　わー、ホント、やばいよ。
「入学式早々遅刻するとか、ありえないから！」
「なに言ってるの、もっと早く起きないからでしょ」
　起きてたよ！
　起きてたけど……っ。
　どうしよう。
　ダッシュで行っても間にあわないかも！
「お母さんのバカ〜！」
　お母さんのせいではないけど、ついつい文句を言ってしまう。

赤いチェック柄のプリーツスカートのヒダをサッと手で整え、首もとのリボンをまっすぐにする。
　そしてベージュのブレザーを羽織って襟もとを直すと、茶色のカバンを持って階段を駆けおりた。
「転ぶわよー！」
　なんてお母さんが叫んだ声もムシして、玄関まで一目散。
　膝下丈の黒い靴下と、こげ茶色のピカピカのローファー。
　サッと足を通して、リビングのほうにクルッと振り返った。
「いってきまーす!!」
「朝ご飯は？」
　慌てるあたしに吞気なお母さんの声が届く。
　遅刻するかもって言ってるのに～！
　朝ご飯を食べてる余裕なんてないよ！
「時間がないからいらない！」
「そう。お父さんとお母さんも、式に間にあうように行くからね」
「え？　べつにいいのに」
　高校生になってまで両親揃って入学式に参加するとか、なんだか少し恥ずかしい。
　でも、言っても聞かないだろうからそれ以上はなにも言わなかった。
　あたしの声に反応して、お父さんと弟の光太がリビングから出てくる。
「おー！　よく似合ってるじゃないか、その制服。大きくなったなぁ」

制服姿のあたしを見て、お父さんが感慨深くつぶやく。
　涙脆いお父さんは、中学の卒業式でもハンカチを目に当ててあたしよりも泣いてたっけ。
「おねーちゃん、かわいい！」
「ありがとう、光太」
　今年から中学生になる光太が、目をキラキラさせながらあたしを見ている。
　かわいいのは光太だよ。
　光太に朝から癒されつつ、遅刻しそうだったので慌てて玄関のドアに手をかけた。
「いってきまーす！」
　家族に見送られる中、慌ただしく玄関を飛びだした。

　4月初旬。
　見あげれば透きとおるような青空が広がっていた。
　その中で美しく咲く桜のピンク色が、まさに入学式という今日の日にピッタリで。
　まるで祝福してくれているかのようにきれいに咲きほこっている。
　へへ、楽しみだなー。
　今日からあたし、吉崎愛梨は憧れの女子高生になりまっす。
　それなりにオシャレも好きだし、メイクにも興味があったりするお年頃。
　それにね……、高校に入ったら素敵な彼氏だってほしいと思っていたりするんだ。

手を繋いで一緒に帰ったり、休日にはデートなんかもしたりして、楽しく明るく過ごしたい。
　それがあたしの憧れの女子高生ライフ。
　家から徒歩10分の距離にある明輪高校は、進学校というわけでもなく、かといってレベルが低すぎるわけでもなく。
　いたって普通の高校。
　制服がかわいいと評判の高校で、あたしがこの高校を選んだ理由もそれだった。
　きっと、あたしと同じ理由で入った子も少なくないはず。
　だって、制服がかわいいと気持ちまで明るくなるじゃん？
　なにか楽しいことが起こるんじゃないかって、それだけでワクワクしちゃう。
　って、やばっ、急がなきゃ！
　学校までダッシュした。
　自慢じゃないけど、走るのだけは得意なんだ。
　こういう時、角を曲がるとイケメンにぶつかって、恋に発展したりっていう展開もあるんだろうけど。
　あいにく、10分の距離じゃそんな少女マンガみたいな出来事も起こらなくて、そのまま明輪高校に到着。
　校門を抜けると、掲示板の前に人だかりができているのを発見した。
「愛梨ー!!　こっちこっち！」
「ミーコ！　おはよう」
　遠くからあたしの名前を呼んだのは、小学校からずっと仲よしの親友、上田美衣子。

「おはようー。遅いから遅刻してくるんじゃないかと思ったよ」
「あはは―！ まさか……っ！ ただ、はぁはぁ。少し寝坊しちゃって」
「寝坊ね。まったく、愛梨はいつまで経っても変わらないんだから」

　ミーコは息を切らしているあたしを見て、苦笑する。

　大きな目がクシャッと細まって、大人っぽい雰囲気からやわらかい雰囲気に変わった。

「だ、だって……はぁはぁ」

　自分の制服姿に浮かれてたなんて、恥ずかしくて言えない。

　それにしても、疲れたー。

　猛ダッシュしたから、呼吸を整えるのに時間がかかってしまった。

　それでもなんとか間に合ったみたいでホッとする。

「愛梨は相変わらずだな」

　ミーコの隣から、イジワルな声が聞こえて振りむいた。

　そこには、小学校時代からの友達、三浦陽平の姿。

「うるさいなぁ、仕方ないでしょ」

　わざとらしく、プイと顔を背ける。

　どうせあたしは、中学の頃から変わらないですよーだ！

「もう高校生なんだから、少しは成長しろよ」

　イジワルな笑顔であたしを見る陽平が憎たらしい。

「うるさいなぁ、ほっといてよ」

　陽平はいつもいつも憎まれ口しか叩かないんだから。

「ほっとけるわけねーじゃん。愛梨をからかうのが俺の生きがいなのに」
「なっ……」
　なにそれっ！
　生きがいって！
　ひどい。
　こんなふうに言われるのはしょっちゅうで、あたしは陽平に今まで散々からかわれてきた。
　もう関わりたくないと思っていたのに、どうして高校まで同じなんだか。
　それにしても陽平の奴、高校生になった途端いきなり髪とか染めて派手になっちゃって。
　ピアスだっていつの間に開けたのか、耳にキラリと輝いている。
　もともと整った顔立ちをしている陽平は、中学の時からなにをしてもよく目立っていた。
　中学の頃の爽やかなイメージとは一変して、茶髪だしピアスだってしてるけど、悔しいくらいによく似合ってる。
　癪だから似合ってるなんて絶対に言ってやらないけどね。
　陽平のお父さんは空手の道場を開いていて、幼い頃から陽平も鍛えられていたんだとか。
　だから、ケンカはかなり強い、らしい。
　ま、本人談だからアテにならないけど。
　それにしても、身長も……ちょっと伸びた？
　前よりも上から見おろされている感じがして、なんだか

負けたような気分になる。
　ジトッと見ていると、思わず目が合った。
「なんだよ？」
「べっつにー？」
「人の顔をジロジロ見てんじゃねーよ」
「は？　自意識過剰（じいしきかじょう）！　陽平の顔なんてもう見あきてるもん」
「はぁ？　俺だって愛梨のマヌケ面はもうたくさんなんだよ」
「はぁ？」
　ひどい。
　最低！
「ミーコ、陽平がイジメてくる！」
「はいはい、あんたたちは高校生になっても相変わらずなんだから」
　ミーコはクスクス笑いながらも、泣きついたあたしをなだめるように頭をポンポン撫（な）でてくれた。
　ミーコはサバサバ系の美人で、ストレートのさらさらヘアが印象的。
　あたしは毛先が緩（ゆる）く内巻きになってるから、ミーコのきれいなストレートヘアがすごくうらやましい。
　それに地毛が栗色（くりいろ）っぽいあたしとは違って、天使の輪ができるほどきれいなツヤツヤの黒髪にも憧れる。
「それより、クラス表見た？」
　ミーコに言われてハッとする。

「まだ見てない。っていうか、今行っても見えないよね」
　クラス表の掲示板の前に群がる人の多さを見て、思わずため息がもれそうになる。
「まぁ、あの人だかりだからね。大丈夫、バッチリあたしが見てきてあげたから」
「ホント？　さっすがミーコ！　頼りになるー！」
　もうホント、大好きだよ！
「愛梨は４組だったよ」
　ミーコは人だかりのほうを見ながらあたしに教えてくれた。
「ミーコは？」
「あたしは８組。ちなみに陽平も４組だよ」
「えっ？　ウソ。陽平じゃなくてミーコと同じクラスがよかった」
　思わず本音がもれてしまった。
「はぁ？　お前……それはこっちのセリフだっての！」
　パシンと背中を軽く叩かれた。
「いったぁ。ちょっと、なにすんの」
　あたしはイジワルに笑う陽平をにらみつける。
「愛梨がそんなこと言うからだろ」
「だからって、叩くことないじゃん！」
　イジワル！
　バカ！
　最低！
　ホント、いつもいつもあたしを目の敵(かたき)にしてさ。

友達なんだから、少しくらい優しくしてくれたっていいじゃん。
　陽平には"優しさ"っていう感情が欠落してると思う。
　それも、あたしに対してだけ。
　ほかの人には猫を被ったように優しいくせに、どうしてあたしにだけ？
　嫌いなら関わってほしくないのに、いつも絡んでくるから、こうしてぶつかってばかりなんだ。
「陽平なんかほっといて、教室行こっ」
　陽平をムシして、ミーコの腕を取って校舎の中へと進む。
　掲示板でクラスを確認した新入生たちがそれぞれ自分の靴箱で上靴を履き、緊張した面持ちで教室に向かっていた。
「やっぱ高校は中学とは違うね。すっごいきれいだし、広いし」
　ミーコがキョロキョロしながらうれしそうに笑う。
　それを見て、あたしまで頬が緩んだ。
　新しい場所に来てワクワクしているのは、どうやらあたしだけじゃないみたい。
　これから始まる新生活に、みんなドキドキワクワクしているようだ。
　どんな人に出会うのかな？
　素敵な人がいますように。
　王子様みたいな人に出会えますように。
　友達も……たくさんできるといいな。
「これからどんな人に出会うかな〜？　素敵な王子様がい

るといいな！　あー、考えただけでワクワクしちゃう！」
「あはは、王子様って！　愛梨、夢見すぎだから」
「いいじゃーん」
「愛梨ってそういうとこかわいいよね！」
　からかうようにミーコが笑う。
　初恋もまだのあたしは、女子高生っていう響（ひび）きにかなり幻想（げんそう）を抱いちゃってる。
　目いっぱいオシャレをして、素敵な彼氏を見つけて……。
　たくさん遊んでエンジョイするんだ。
　ミーコとクラスが離れちゃったのは寂（さび）しいけど、新しいクラスでも友達はいっぱい作りたい。
　中学の頃は男女関係なく仲よしだったから、高校でもそんなクラスだといいな。
　だって、そのほうが絶対楽しいし。
　みんなでワイワイするのって好きだから。
「わ、8組だけ階が違う」
　ミーコが信じられないという顔で、あからさまにショックを受けている。
　壁（かべ）に貼（は）られた案内用の矢印の紙が、8組だけひとつ上の階だと知らせていた。
「これじゃ、あんまり会えないね」
　残念そうにボヤくミーコ。
　やっぱり最初は不安だよね。
　あたしだってそうだ。
「大丈夫だよ！　いっぱいミーコのクラスに遊びに行くか

らね」
　あたしは満面の笑みを浮かべて、ミーコの手を両手でギュッと握った。
「うん！　ありがとう。最初は誰だって不安だよね」
「うん、そうだよ」
「だよね！」
　ミーコは途端に笑顔になって、いつもの調子を取りもどした。
　よかった。
　不安だけど、お互い頑張ろうね。
「じゃあ、またあとでね」
　手を振って、階段のところでミーコと別れた。
　上の階に消えていくミーコの背中を見送ってから、あたしはまっすぐに伸びる廊下を突きすすむ。
　４組の教室は廊下のまん中くらいにあった。
　わー、緊張するな。
　新しいクラスには、どんな人がいるんだろう。
　クラス表を見ていないから、知ってる人がいるのかどうかもわからない。
　──ドキドキ!!
　──ワクワク!!
「いつまで突ったってんだよ？」
　いざ足を踏みいれようとしたところで、うしろからまたしてもイジワルな声が聞こえた。
　聞きおぼえのある声に、うんざりした気持ちが込みあげ

てくる。
　……またか。
「うるさいなー、緊張してるんだよ！」
　振りかえりざまに、わざとらしく頬を膨らませた。
　陽平はあたしを見おろしながら、邪魔だとでも言いたそうな表情を浮かべている。
　高校生になったからって、制服を着くずして。スタイルがいいせいかカッコよく見えるのが、また悔しい。
　なんにせよ、そんな陽平が気に入らない。
　小学生の時はあたしのほうが大きかったのに、いつからかな。
　見あげなきゃ、顔が見えなくなっちゃったのは。
　図体だけ大きくなっちゃって。
　ミーコには普通なのに、どうしてあたしにだけこんな態度なわけ？
　って、今に始まったことじゃないからべつにいいけど。
「へー、愛梨でも緊張とかするんだ？　肝だけは据わってると思ってたのに」
「どういう意味よ！」
　シレッとそう言ってあたしの横を通りすぎようとする陽平を軽くにらむ。
「べっつに～？」
　バカにしているようなその言い方に、ため息しか出ない。
　陽平といると、ムダにエネルギーを使うから疲れるんだよね。

それでも、ごくたまーに……。
本当にたまーにだけど、優しくしてくれる時もある。
まぁでも、それは小学生の時の古い記憶だ。
最近はまったく。
陽平は曲がったことが大嫌いで、正義感が強く、まちがっていることはまちがっているときちんと正したり、誰に対しても怖じ気づくことなくはっきり意見を主張する。
自分の意見を曲げないという頑固な面もあるけど、クラスをまとめたり、リーダーシップを取ったりしてるから、ほんの少しだけ尊敬もしてるんだ。
「ボサッとしてるとチャイム鳴るぞ。早く入れよ、バカ愛梨」
……ううん、やっぱり撤回。
陽平に尊敬なんて一切してない。
ありえない。
陽平は根っからのイジワルな奴なんだから！
陽平に続いて教室に入ると、ギリギリに来たこともあってかほとんどの席が埋まっていた。
あとから入ってきたあたしたちに気づく人もいなくて、教室内はかなり騒がしい。
席が近い人同士で集まって話したり、前後でヒソヒソ話をしたり。
すでにグループができあがりつつあった。
はじめましての挨拶とか、どこ中出身だとか。
そんな会話をする声があちこちから聞こえてくる。

やば、完全に出おくれちゃったかも！
　男子も何人かで集まって騒いだりしていて、おとなしいクラスじゃないってことが一瞬でわかった。
「俺の席、はっけーん」
　教室内をぐるりと見まわしていると、陽平の呑気な声が聞こえてきた。
　どうやら自分の席を見つけたみたい。
　ということは。
「お、愛梨は俺のうしろか」
　やっぱり……。
　『三浦』と『吉崎』だもん。
　陽平とは中学の３年間もずっと同じクラスで、出席番号も近くてなにかと一緒になることが多かった。
　グループワークとか、修学旅行の班別行動とか。
　いわゆる腐れ縁ってやつ。
　同じクラスだってわかった時点で予想はしてたけど……またか。
　しばらく席替えはないだろうし、陽平にからかわれながら過ごす日々が続くというわけだ。
　はぁ。
　やだな。
　軽くため息をつきつつ、指定された席に着いた。
　陽平は持ち前の明るさで、さっそく男子の輪の中に溶けこんでいる。
　すごいな。

誰にでもフレンドリーなところは純粋にすごいと思う。
「ねぇねぇ」
　座るとすぐ、隣の女の子に声をかけられた。
　な、なに、この子。
　すっごいかわいい。
　まさに、絶世の美少女って言葉がピッタリだ。
　こんなかわいい子、いまだかつて見たことがない。
　ふわふわとかわいらしい雰囲気のその女の子は、色白で小顔で細くてスタイルはモデル並み。
　ひと目見ただけで守ってあげたくなるような、天然のかわいらしさを持つ美少女だった。
　バッチリメイクをしているけど、全然派手じゃなくて。
　大きくてクリクリした二重の目に、スッと通った小さなかわいらしい鼻。
　グロスが塗られたツヤツヤの唇が特徴的。
「あたし、西澤まりあっていうの。よかったら友達にならない？」
　あたしを見て、パアッと花が咲いたように笑うまりあちゃん。
　笑顔もすっごくかわいい。
「うん！　いいよ。あたしは吉崎愛梨っていうの」
　あたしはまりあちゃんと同じように笑顔を浮かべる。
　新しい場所でドキドキやワクワクはもちろんだけど、本当は不安もあった。
　友達、できるかな？

クラスの人たちとうまくやっていけるかな？
　どんな人がいるんだろう、って。
　だけどまりあちゃんの笑顔を見た瞬間、そんな気持ちは一気に吹きとんだ。
「愛梨って呼んでもいい？　あたしのことは、まりあでいいよ」
「うん、もちろんだよ！」
　まさかこんなにすぐ友達ができるなんて思ってなかったから、本当にうれしかった。
　それだけで、これからの高校生活が楽しくなるような気がしてワクワクする。
「よかったー！　愛梨がいてくれて。周り男子ばっかりだったから」
　ニコッとかわいく笑うまりあ。
　そんなことを言ってもらったら、あたしまでうれしくなっちゃう。
　なんだか、まりあとは気が合いそう。
　不思議、会ったばかりだっていうのにそんなふうに思うなんて。
「あたしもだよ。チャイムが鳴るギリギリに来て、すぐに友達ができるなんて」
　本当にうれしい。
　まだまりあのことはよく知らないけど、あたしはこの短時間でまりあのことが好きになった。
「ところでさ、一緒に教室に入ってきた人って彼氏？」

まりあはニヤリと笑いながら、輪の中心になってはしゃぐ陽平に目を向けた。
「いやいや、違うよ！　小学校からの友達なだけ！」
　手と首をブンブン振って、大げさなほど否定する。
　ないない！
　ありえない！
　カン違いされるとか、本当に嫌だし。
　高校に入ってから、素敵な人を見つけるって決めてるんだもん。
　陽平との仲を誤解されるだなんて、絶対に嫌だ。
「友達、か。すっごいカッコいいよね！」
　え!?
　カッコいい……？
「まりあ、だまされてるよ！　たしかに顔はいいけど……！　性格は本当にガキっぽいよ！　イジワルだし」
　っていうか、陽平にまりあはもったいないよ。
　似合わないよ。
　絶世の美少女のまりあには、もっとほかにいい人がいるよ！
　それこそ王子様みたいな素敵な人が合ってると思う。
「明るくて人気者っぽいじゃん。そういう人、タイプなんだよね！」
「えっ!?　やめといたほうがいいよ、絶対に」
　目を輝かせながら陽平を見るまりあに、引きつり笑いをして見せる。

きっと陽平の本性を知れば、まりあも絶対にないと思うだろう。
　まりあの視線の先には陽平がいて、つられてあたしも見ていたせいか目が合ってしまった。
　げっ。
　最悪。
　なんかこっちに向かってくるし。
「なんだよ？」
　陽平は男子の輪から抜けて、あたしたちの前にやってきた。
「なんで俺を見てたんだよ？」
　イスを引いて自分の席に座ったかと思えば、ヘラヘラ笑いながらあたしの顔を覗きこんでくる。
　パッチリと大きく澄んだ目から、あたしをからかうネタを探していることがうかがえた。
　スッときれいに通った形のいい鼻と薄い唇。
　認めたくないけど、カッコいい。
　絶対に、ないけどね。
　ときめいたりもしないし。
　っていうか、友達にときめくとかありえないから。
「ガキだなぁって思って見てただけ。それよりさ、友達ができたんだよ！　かわいい子でしょ？」
　隣にいるまりあを陽平に紹介（しょうかい）する。
　こーんなかわいい子、めったにお目にかかれないんだからね。
「どうも～、西澤まりあでーす！」

「うわ、愛梨と違ってすっげえ女の子らしいじゃん！　よろしく～」
「な、なんであたしと比べんのよ！」
　しかも、爽やかに『よろしく～』だって。
　あたしの時とはえらい違い。
　なんかムカつく。
「愛梨はバカでドジでマヌケだけど、根はいい奴だから仲よくしてやって」
「ちょっと！　どういう意味よ！」
　そう言ってニッコリ笑う陽平をキッとにらみつけてやった。
　だけど陽平は、そんなことなんて気にも留めずに笑顔を崩(くず)さない。
　……ムカつく。
「褒(ほ)めてんだから怒(おこ)るなよ」
「どこが？　バカにされてるとしか思えないし！」
「だって、実際にバカだし？」
　ムカッ。
　ニヤッといたずらっ子のように笑うその顔が、本気で憎たらしい。
　なんなの、ホント。
　なんでいつもあたしにだけ『バカバカ』って。
　ひどいよ。
「ふふ、仲よしなんだね」
　陽平を避(さ)けるようにプイとそっぽを向くと、まりあのク

スッと笑う声が聞こえた。
「いやいや！　どこをどう見てそう言ってんの？　ありえないし」
　ガキっぽくて大人げない陽平と仲よしだなんて、本当にやめてほしいんですけど。
　——キーンコーンカーンコーン
　そうこうしているうちにチャイムが鳴って、担任の先生が教室に入ってきた。
　簡単に入学式の説明を受けたあと、出席番号順に２列に廊下に並ぶ。
　あたしは『吉崎』だから一番うしろ。
　しかも、隣には陽平の姿。
　なんで並ぶ時まで隣なんだか……。
　これから始まる入学式と新生活に、みんなソワソワして緊張した面持ちをしている。
　今日から始まるんだと、あらためて実感させられた。
　それにしても……。
「はぁ」
　代わりばえのしない光景に、軽くため息を吐きだす。
　なんで隣にいるのが陽平なの？
　あーあ。
　なんでミーコと一緒のクラスじゃなかったんだろう。
　陽平と一緒なんて、本当にツイてないよ。
「なに？　俺に見とれてた？」
　クスッと笑って、あたしを横目に見てくるイジワルな陽平。

その横顔はキリッとしてて、認めたくないけどカッコいい。
「なわけないでしょ！　陽平に見とれるとか、絶対にないから！」
　寝言（ねごと）は寝て言えって感じ。
　地球がひっくり返ってもありえないっての！
「お前なぁ……こう見えても俺は、卒業式の時３人に告られたんだからな！　ま、全部断ったけど」
「ふーん。おモテになりますこと」
　自慢気（じまんげ）に言う陽平を横目でちらりと見やり、淡々（たんたん）と返す。
　陽平は中学の時からそれはそれはよくモテて、こんなふうにあたしに自慢してくるなんていつものことだった。
　あたしはいつもそれを適当に聞きながしていた。
　その度に陽平は不機嫌（ふきげん）そうな顔をしていたけど、気にしない。
　陽平の自慢にいちいち付き合ってらんないもん。
「お前なぁ……少しは気になったりしねーのかよ！」
「なんであたしが？　全然気にならないよ。っていうか、陽平が誰に告られようと興味ないし」
「は、そうかよ」
　陽平はさらに不機嫌そうな顔で、ジトッとあたしを見てきた。
　きっと、生意気なあたしの反応が気に入らないんだろう。
　それなら言わなきゃいいのに。
　うらやましがってもらいたかったのかもしれないけど、そんな自慢はうらやましくもなんともないんだからね。

「なんで振っちゃったの？　彼女ができるチャンスだったのに。ひとりくらい、かわいい子はいなかったわけ？」
　皮肉を込めて、そう言ってやった。
「いたけど、好きじゃないのに付き合えるかよ」
「付き合ってから、好きになることだってあるでしょ」
「ねーよ」
「ふーん」
　陽平って、意外と硬派でマジメなんだ。
　ふと窓の外に目を向けると、校庭の隅っこにある桜の木が目に入ってきた。
　満開に咲いた桜の花びらが、風に吹かれてひらひらと舞っている。
　……きれい。
　そのあと陽平がなにかを言っていた気もするけど、あたしの耳には入ってこなかった。
　体育館に着くと、在校生や保護者の人が温かく迎えてくれて、入学式はなにごともなく無事に終わった。

不意打ちの告白

　入学式から1ヶ月が経過した。
　あれほど意気込んでいたにも関わらず、運命的な出会いはやってこないまま5月に突入。
　クラスにも王子様みたいな人はいるけど、席が離れているせいか一度も話したことはない。
　カッコいいけど、好きまではいかないっていうか。
　どんな人かもわからないから、まずは話すことから始めなきゃ。
「きゃー、陽平く〜ん！」
「こっち向いて〜！」
「超カッコいいー！」
　黄色い声にうんざりしながら、机に肘をついてまりあのほうに体を向けて座るあたし。
　おかしい。
　絶対におかしい。
　なんでこんなことになってんの？
　ありえない。
　そりゃ奴がモテることは知ってたけどさ。
「愛梨、すっごい怖い顔してる〜！」
　あたしとは正反対に、キラキラした笑顔を浮かべるまりあ。
　まりあの笑顔を見てると癒されるけど、今回ばかりは違う。
「だって、ありえないことが起きてるんだよ？」

廊下にいる陽平のギャラリーをチラッと見て、すぐあとに、またまりあの顔を見る。
　中学の時はここまでじゃなかったのに、この人気っぷりはいったいなに？
　なんで陽平がこんなにモテてんの？
　ファンがいんの？
　アイドル並みなの!?
　廊下から聞こえる黄色い歓声に、思わず耳を塞ぎたくなった。
　みなさん、ダマされてますよー！
　本性はただのイジワルなんですよー！
　大声でそう叫びたい気持ちに駆られる。
「だって、陽平君カッコいいじゃん。みんなが騒ぐ気持ちわかるな〜！」
「…………」
　この際まりあの言葉はスルーしよう。
　どちらかというと、まりあも陽平ファンだしね。
「あたしはもっと優しい人がいいよ。爽やかで、王子様みたいな人が理想だもん」
　あたしだけに優しくしてくれて、大人っぽくて温かく包みこんでくれるような包容力のある人がいい。
「それって、芹沢君みたいな人のこと？」
　まりあの視線が、窓際に立ってフワリと優しく笑う芹沢晃君に向けられる。
　サラサラの黒髪に優しい眼差し。

いつもニコニコしてて穏やかな芹沢君。
　カッコいいというよりも、きれいな顔立ちをしている彼。
　目鼻立ちがくっきりしていて、パーツひとつひとつのどれもがきれいで完璧。
　『王子様』っていう言葉が本当によく似合ってて、雰囲気のある上品なオーラを醸しだしている。
　もちろん、陽平に負けないくらい芹沢君も人気がある。
　学年の人気者がふたりも揃っているうちのクラスは、他のクラスの女子からうらやましがられることが多かった。
「芹沢君はたしかに理想だね。優しそうだし」
　話したことはないけど、見た目とか雰囲気でそうだってことが伝わってくる。
　性格って表情とか顔に出るっていうけど、本当にそのとおりだと思う。
　付き合うなら、芹沢君みたいな人がいいな。
　芹沢君はまさにあたしの理想の王子様そのもの。
　だけど芹沢君と付き合いたいかって聞かれると、それはまた別の話。
　付き合うなら、当たり前だけど好きになった人がいい。
「だーれが優しそうだって？」
　突然、うしろからイジワルな声が聞こえた。
　それと同時に後頭部に手が添えられ、わしゃわしゃと髪を搔きまわされる。
「ちょ、陽平！」
　こんなガキっぽいことをしてくる奴はひとりしかいない

から、すぐに陽平だとわかった。
　男子の輪から抜けてあたしのところに来た陽平は、ヘラッと笑ったあと、自分の席に着く。
　そして廊下から聞こえる黄色い声をムシして、からかうようにこっちを見てきた。
「誰のことを言ってたんだよ？」
「陽平には関係ないでしょ！」
　あたしの髪をぐちゃぐちゃにしたことへの反省のカケラもなく、陽平はヘラヘラ笑っている。
「愛梨は芹沢君みたいな人がタイプなんだって」
　ニヤッとしながら、まりあが言った。
　たしかに芹沢君みたいな優しい人がタイプだけど……。
「まりあ！　変なこと言わないでよ」
　陽平には知られたくない。
　だって陽平にバレると、絶対にまたからかってくるんだから。
　また、バカにされるんだからね！
「お前、芹沢が好きなんだ？」
　ほら、来た！
　イジワルな顔をしながら、バカにしたようにからかってくるに決まってる。
　『お前には似合わねーよ』とか、『立場をわきまえろ』とか。
　からかうように笑って、そんなふうに言われるんだ。
　身がまえたあたしは、負けないように強気な態度で陽平の顔を見あげた。

えっ……!?
　だけど、そこにはいつものイジワルな顔はなくて。
　真顔であたしを見つめる陽平がいた。
　さっきまでヘラヘラしてたのがウソみたい。
　な、なにっ!?
　どうしちゃったの？
　そんなに真剣な顔しちゃって。
　いつもと違う反応をする陽平に、ポカンとする。
　身がまえて肩に入っていた力も、いつの間にか抜けていた。
　陽平が傷ついたような顔をしているのは、きっとあたしの気のせいだよね。
「好きとかじゃないよ。ただ、付き合うなら芹沢君みたいな優しい人がいいなって話！」
　あまりにも真剣な顔をしているから、思わずあたしもマジメに返してしまう。
「ふーん。あんな奴のどこがいいわけ？　趣味わる」
　不機嫌な声でそう言った陽平は、スッと立ちあがって教室から出ていってしまった。
　しゅ、趣味わるるって……。
　なっ、な。
「なにあれ！　感じわるっ！」
　なんなの!?
　聞いてきたのはそっちでしょ？
　それなのに、あたしのタイプにまでケチをつけるなんて！
　言わせてもらうけど、陽平を好きな女子のほうが趣味が

わるいんだからね！
「わかりやすいな～、陽平君」
　感じのわるい言い方をした陽平に、まりあは呆れるどころかクスクス笑っている。
「なんで笑えるの？　感じわるすぎるじゃん！」
　あんな言い方しなくてもいいのに。
　趣味がわるいだなんて、ホント失礼なんだから。
「うん、でもかわいいじゃん。見てると応援したくなっちゃう」
「……かわいい？　陽平が？　応援!?」
　まりあがなにを言っているのかわからない。
　かわいいといえる要素なんてどこにもなかったし、どこをどう見て応援したいだなんて言えるの？
　わけがわからないよ。
「愛梨は鈍いからね～」
　なんてさらにわけのわからないことを言われて、あたしの中では疑問ばかりが膨らんだ。
　結局まりあはそれ以上なにも教えてくれなくて、解決しないままモヤモヤした気持ちだけが残った。
　授業が始まる頃には陽平も戻ってきて。
　ほかのクラスメイトに対しては普通なのに、あたしにだけは冷たくて感じがわるいままだった。
　なんなの、ホント。
　わけ、わかんない。
　やっぱり嫌な奴だよ。

「愛梨」
　放課後になって、ミーコが教室にやってきた。
　ツヤツヤの黒髪が相変わらずきれい。
「ミーコ！　来てくれたんだ？　ごめん、すぐ帰る用意するから」
　掃除が長引いて帰る準備がまだだったため、ミーコの姿を見て慌てて取りかかった。
「陽平も一緒に帰る？」
　黙々とカバンに教科書を詰めこんでいると、なにを思ったのかミーコが陽平にそんなことを言った。
　うわ〜、やめてくれ。
　教室でもずっと一緒なのに、帰りくらいは別々がいいよ。
　機嫌もわるいし、今はあまり陽平と関わりたくない。
「あー、わり。クラスの奴らと約束してるから」
　申しわけなさそうにミーコに謝る陽平。
　あたしは思わず手を止めて、そんな陽平を見た。
　こんな顔、絶対あたしには見せないくせに。
　少しはあたしにも誠実な態度を見せてよ！
　なんて思っていると、不意に目が合ってギクッとしてしまう。
「なんだよ？」
　さっきのミーコへの態度とは違って、陽平はあたしに冷たい声を吐きだす。
　あきらかに、まだ不機嫌な様子。
　……なんなの？

あたしがなにをしたっていうの？
「べつに。帰ろうミーコ！」
　なんだか無性にムカついて、カバンを肩にかけるとミーコの手を引っぱって教室を出た。
　陽平のことを考えるとイライラが増して、ミーコがいるにも関わらず早歩きになってしまう。
「どうしたの？　なんかあった？」
　校門を出たところで、ミーコが不思議そうに声をかけてきた。
「陽平がムカつくの。なんであたしにだけあんなイジワルなの？」
　全然優しくないし、あんな奴がモテてるとかありえないんだけど。
「あ〜、それは仕方ないよ。好きな子には、イジワルしたくなるもんじゃん？」
「…………!?
「ミ、ミーコ……今、ありえない言葉が聞こえたような気がしたんだけど」
　陽平が……あたしを好き？
「ありえないからね？　そんなこと」
「いや、ありえなくないでしょ」
「…………」
　ミーコはいったいなにを考えてるんだろう。
　冷静になって考えてみてよ。
　ありえないでしょ。

陽平があたしを好きだなんて。
　今までの態度から考えても、嫌いだって言われたほうが納得できるほどだ。
「ないない、ありえない！　寝言は寝てから言ってよね〜！まったく」
　ミーコの言葉を笑いとばしつつ、ふたりで帰り道を歩いた。
　ふんわりとした日差しがすごく気持ちいい。
「愛梨は陽平のことをどう思ってんの？」
　ミーコと並んで歩いていると、信号に差しかかろうとしたところでそんなことを聞かれた。
　青信号がチカチカ点滅しはじめ、すぐに赤に変わる。
　立ちどまって、少しだけ背が高いミーコの顔をちらっと見た。
　どう思ってるって……。
　そりゃ。
「べつにどうも思ってないよ」
　イジワルだし。
　どうか思っていたらおかしいから。
　陽平があたしを好きだなんてことも、絶対にありえない。
　それだけは断言する。
「そっかぁ」
　ミーコがニコッと微笑んだ。
　そして言葉を続ける。
「まぁまぁ、そんなに目の敵にせずにさ〜！　仲よくしてやんなよ。陽平も、ホントは愛梨と仲よくしたいと思って

るはずだから」
「えー？　それはないでしょ。それに、もし本当に陽平があたしを好きだとしたら、この世の終わりだね」
　ミーコが悪いわけじゃないけど、陽平の肩を持つのが気に入らなくてプイとそっぽを向く。
　結局、ミーコも陽平の味方なんだよね。
　信号が青に変わったことを知らせる音が、辺りに響く。
　歩きだそうとしたその時だった——。
「悪かったな、この世の終わりで」
　低く冷たい陽平の声が聞こえたのは。
　えっ……!?
　そう思いながらおそるおそる振り返ると、すぐうしろには友達数人と歩く陽平の姿があった。
　しかも、いつも以上に冷たい目であたしを見ている。
　陽平にこんな目を向けられるのは初めてで、ドクドクと鼓動が嫌な音を立てはじめる。
　ウ、ウソ……。
　いたんだ？
　もしかして……聞かれてた？
　いつもみたいに強気になれない。
　ううん、そんな気にならないほど、陽平の雰囲気はいつもと違っていた。
　からかって笑ったり、バカにして悪態をついてきたり。
　ふざけた感じの陽平しか見たことがなかったから、今みたいにピリピリした雰囲気の陽平は知らない人に見えて、

動けなくなってしまった。
「悪かったな」
　固まるあたしに陽平が冷たく言う。
「え？」
「好きで悪かったな」
　…………!?
　……えっ!?
　好きで悪かったな……って？
　好きで……。
　スキデ……。
　ええっ!?
　ウソ、でしょ……？
　だけど陽平の真剣な目を見ていると、それが冗談だとは思えなくて。
　だけど信じることもできなくて。
　ただ、目を見開いたまま、陽平の顔を見つめることしかできなかった。
　陽平の言葉を、頭でうまく処理できない。
『好きで悪かったな』
　その言葉が頭の中をぐるぐる回っている。
　今までずっと友達だったから、いきなりそんなことを言われて、衝撃を受けた。
　冗談……だよね？
「陽平、やってくれるじゃん！　こんなとこで告るなんて」
「ヒューヒュー」

近くにいた同じクラスの男子の冷やかす声にも、今は言い返す気が起きない。
　陽平も周りの声なんて聞こえていないみたいに、まっすぐにあたしを見おろしている。
　正直、目をそらしてしまいたかった。
　ど、どうしたらいいんだろう……。
　これって、一応告られたんだよね？
　今、返事をするべき……？
　でも、どうやって言えば……。
　ただでさえこの状況にビックリして、いっぱいいっぱいだというのに。
　どうすればいいのかわからなくて、軽くうつむいてしまう。
「じゃあな」
　気まずくなって顔を伏せたあと、拳を固く握りしめたまま動けなくなってしまったあたしに、陽平が冷たく言いはなった。
　ミーコもどうしたらいいかわからなかったみたいで、あたしと同じように黙りこんでいる。
　そんなあたしたちの脇を通りすぎて、陽平はこの場から去っていった。
「な、なにあれ……」
　なんだったの……？
「だから言ったじゃん」
「…………」
　いや、そう言われても。

冗談としか思えなかった。
　それにしても。
「今のって、告白だよね……？」
「どう見てもそうでしょ」
　……だよね。
　冗談なんかじゃ、ないんだよね。
　いつもの冗談ならよかったのに。
　取りのこされたあたしとミーコと男子数人の間には、なんとも言えない気まずい空気が流れていた。
「あ～、ほら！　俺らは余計なこと言わねーし、さっきのことは内緒にしとくから……っ！　じゃ、じゃあな」
　ひとりの言葉に『うんうん』とみんなが頷きながら、あたしとミーコを取りのこしてそそくさと逃げていった。
　呆気に取られながら、見ていることしかできなくて、しばしの間沈黙が流れる。
「と、とりあえず帰ろっか」
「うん……」
　ミーコの声に、止めていた足をまた動かしはじめる。
　陽平が……あたしを好き。
　陽平が……あたしを。
　陽平が……。
　知らなかった。

王子様の頼みごと

　その日の夜。
　お風呂に入ってご飯を食べおえたあと、ベッドに寝ころんで天井を見つめながらボーッとしていた。
　帰り際の陽平の言葉が頭から離れない。
『好きで悪かったな』
　好きで……悪かったな。
　好きで。
　好きで……。
　悪かったな。
「あー!!　もうっ！」
　なんで？
　なんで陽平のことばっか頭に浮かぶの!?
　ずっとずっとイジワルな奴だと思っていたのに、突然『好き』だなんて。
　しかも言うだけ言って帰っていくから、取りのこされたあたしはどうすればよかったの？
　追いかけて返事をするべきだった？
　ひどいことを言ってごめんって謝るべきだった？
　言い逃げするなんて、陽平が一番ズルいよ。
　陽平のことは友達としてしか見たことがない。
　イジワルだけど、好きかって聞かれると百歩譲ってそっちの部類に入る。けど、それは友達としてであって恋愛感

情じゃない。
　べつに"付き合おう"って言われたわけでもないし、返事を求められたわけでもない。
　だから余計に、どうすればいいのかわからなかった。
　このまま曖昧にしてていいのかな。
　あたしから連絡をしてみるべき？
　でも、なんて言えばいいの？
　陽平とは付き合えないって、付き合おうとも言われてないのに言うの？
　それって、なんか変だよね。
　充電中のスマホを手にして画面を開いた。
　陽平からの連絡はない。
　怒っていたみたいだったし、当然だよね。
　ベッドの上で寝返りを打つ。
「うーん……どうしよう」
　少し言いすぎたよね。
『この世の終わり』なんて言ってしまったことを、いまさら後悔した。

　──チュンチュン
　鳥のさえずりが聞こえてハッとした。
　寝ぼけていた頭が、次第に覚醒しはじめる。
　結局、昨日あれからスマホを手にしたままどうすることもできなくて。
　モヤモヤした気持ちを抱えたまま、なかなか寝つけな

かった。
　そして、気づくと朝だったっていうなんとも情けないオチ。
　なんだか頭が重いし、目がしょぼしょぼする。
「サイアク……」
　確実に寝不足だよ。
　重い体を起こして部屋のカーテンを開けると、窓からやわらかい朝の日差しが射しこんできた。
　だけど、なんとなく気が重い。
　心の中は、ずっと陽平のことばかり。
　会うのが気まずいだなんて、今までで初めてのことだ。
　部屋の時計を見ると、起きるにはまだずいぶん早い時間だった。
　だけどもう寝つけそうになかったので、そのままのろのろと制服に着替えて１階に下りた。
「あら、早いのね。おはよう」
　早起きしたあたしに目を見ひらくお母さん。
「うん……目が覚めちゃって」
　お父さんはまだ起きてなくて、キッチンでお母さんが朝ご飯の準備をしていた。
「そう。朝ご飯食べるでしょ？　お弁当ももうすぐできるから」
「うん」
　お母さんに返事をしながら、ダイニングのイスに座った。
　用意してくれたトーストにかじりつきながら、どうしようかと頭を悩ませる。

頭に浮かぶのは当然のごとく、陽平のこと。
　今日会ったら、なんて言おう。
　謝る？
　それとも……。
　うーん。
　怒ってたし、そもそもまともに目も合わせてくれないかもしれない。
「元気ないわね。なにかあったの？」
　お母さんがあたしの向かい側に座って顔を覗きこんできた。
「べ、べつになにもないよ？」
　いや、あるけど。
　陽平に告白されたとか、お母さんに言えるわけないし。
「そう？　だったらいいんだけど」
　お母さんは、あたしの気持ちを見すかしているかのようにクスッと笑ったあと、立ちあがってキッチンに戻っていった。
　それから黙々とトーストを頬張って、お母さんが作ってくれたお弁当をカバンに入れる。
「いってきまーす」
　いつもより早く家を出て、学校へ向かった。

　まだ早い時間だから、教室には誰も来ていなかった。
　なんだか不思議。
　いつもと同じ教室なのに、みんながいないだけで全然

違って見えるんだもん。
　シーンと静まりかえる教室をぐるりと見わたして、息を吐く。
　いつもはうるさいくらいにいろんな音で溢れているのに、今は物音ひとつしない。
　——ガラッ
　ぼんやりしていると、教室のドアが開いて誰かが入ってきた。
　せ、芹沢君……!?
　わ、こんなに早いんだ？
「あ、おはよう。吉崎さん、早いね」
　爽やかにニコッと微笑むと、芹沢君は自分の席へとまっすぐ向かった。
「あ、うん！　おはよう。今日は早くに目が覚めちゃって」
　芹沢君と話すのは初めて。
　いつもはしないけど、ウワサの芹沢君だからちょっと緊張する。
　それに。
　あたしの名前、知っててくれたんだ……？
　今まで関わることが少なかったから、芹沢君があたしのことを知ってるとは思わなかった。
「いつも俺が一番のりだから、なんだか新鮮な感じだよ」
　王子様スマイルを崩さない芹沢君。
　上品で優しい雰囲気が漂っていて、同い年なのになんだか大人っぽく見える。

いつも一番のりなんだ。
　さすが芹沢君。
「ところでさ、吉崎さんは三浦と付き合ってんの？」
「えっ!?」
　思わずギクッとした。
　なんで芹沢君の口から陽平の名前が出てくんの？
　昨日の今日だから、変にそわそわしちゃう。
「どうして、そんなことを聞くの？」
「いや、仲いいみたいだし」
　芹沢君はあたしのそばに来ると、陽平の席のイスを引いて座った。
「べつに仲よくなんか……。ただ、小学校から一緒ってだけ。いつもからかわれて、イジワルばっかりされてるし」
　だんだんと声が小さくなっていく。
　昨日のことをまた思い出してしまった。
「そうなんだ。じつはちょっとお願いしたいことがあるんだけど」
　え？
「お願い？」
　芹沢君が、あたしに？
　なんだろう？
　心当たりがまったくなくて、思いっきり首を傾げた。
　まったくもって見当がつかない。
　あたしが見つめると、芹沢君は目を泳がせながら気まずそうに目を伏せた。

みるみる内に顔が赤くなって、爽やかさのカケラも見あたらない。
　いったい、どうしたんだろう？
「じつは俺……西澤さんのことが好きなんだ」
　え……!?
「ええぇーっ!?」
　目を見ひらいて驚くあたしに、芹沢君は照れくさそうに頭を掻きながらぎこちなく微笑む。
　まさか、芹沢君がまりあを好きだったとは……！
　芸能人のスキャンダル並みにすごいニュースだよ！
　ビックリだけど、まりあは本当にかわいいから芹沢君が好きになるのもよくわかる。
　入学してから１ヶ月ですでに何人もの男子に告白されてるし……。
　そっかぁ。
　芹沢君がまりあをね～。
「お願いっていうのは、その……っ」
　ふむふむと納得しているあたしに、芹沢君は続ける。
「西澤さんを映画に誘いたいんだけど、いきなりふたりだと気まずいから、一緒に来てくれないかな？」
「え、あたし、あきらかに邪魔じゃない？」
　ふたりで行ったほうがいいんじゃ……。
「映画のチケットが４枚あるから、三浦も一緒に」
「え？　……陽平も？」
　両手を合わせて頼みこんでくる芹沢君を前に、引きうけ

ることも断ることもできずに固まってしまう。
　そりゃ、芹沢君の恋は応援したいけど……。
　陽平と一緒っていうのが引っかかる。
「もし三浦と付き合ってるなら、ダブルデートっぽく４人で出かけたいなって思って。頼むよ、こんなことをお願いできるのは、吉崎さんだけなんだ」
　うっ。
　やめて。
　そんな子犬のような潤んだ目で、あたしを見ないで！
　ううっ。
　こ、断れないじゃん。
　でも、陽平とは付き合ってないから！
　そこだけは否定させて。
「映画だけ一緒に行ってくれたら、そのあとは適当に解散して自分でなんとかするからさ」
「わ、わかった……」
　必死になっている芹沢君を見ていると、どうしても断ることができなかった。
　そして、あたしがふたりを誘うということで話は落ちついたんだけど。
　コテコテの恋愛映画だから、陽平が誘いに乗ってくるとは思えない。
　ちなみに……陽平とは付き合ってないってことを、芹沢君にはきちんと伝えておいた。
　そこ、大事だからね。

陽平に断られたら、芹沢君は自分の友達を誘うと言っていた。
　正直陽平に話しかけるのはかなり気まずいけど、引きうけちゃったからには覚悟(かくご)を決めるしかない。
　ドキドキソワソワしながらドアのほうを見て、陽平がやってくるのをチェックする。
　人が入ってくるたびに陽平じゃないかと思って、心臓(しんぞう)がありえないくらい飛びはねた。
「おはよう、愛梨！　早いね」
「まりあ、おはよう」
　陽平よりも先にやってきたまりあに笑顔を向ける。
　早速映画のことを言おうと思って、まりあに向きなおった。

「ねー、まりあ。前にあたし達が『観たい』って言ってた映画あるじゃん？　芹沢君がチケットを持ってるらしくて。誘ってくれたんだけど、一緒に行かない？」
「えっ!?　いいの？　行く行く〜！」
　花が咲いたように、パアッと明るい笑みを浮かべるまりあ。
　よしよし、これで第一段階はクリアした。
　問題は次、だよね。
　まりあは芹沢君の名前が出たことに不思議がっていたけど、朝たまたま話しててそういう流れになったと言うと納得したみたい。
「恋愛映画って、男同士じゃ行きにくいもんね〜！」
　なんてうれしそうに笑っているのを見てホッとする。

芹沢君のことは全然バレていないみたいで、疑うそぶりなんてない。
　それにしても、芹沢君とまりあってすっごくお似合いかも。
　美男美女だし、うまくいけば理想のカップルになることまちがいなしだよ。
　あーあ。
　まりあなら簡単に誘えるのにな。
　昨日のことがなかったら、陽平も簡単に誘えたはず。
　どうしてあんなことになっちゃったんだろう。
　なんて思ってみても、今さら仕方ないんだけど。
「お～、三浦！　はよー」
　――ドキッ!!
　クラスの男子の言葉に、思わずドキッと胸が高鳴る。
　き、来た……。
「おっす」
　前からやってくる陽平を、まともに見ることができない。
　体がカチコチに固まってしまった。
　相変わらずチャラチャラして、制服を着くずしている陽平。
　頬を赤く染めて陽平をチラチラ見やっている周りの女子が急によそよそしくなったのがわかった。
　やっぱり、クラスの女子からも陽平はモテているらしい。
「陽平君、おはよう」
「あー、おっす」
　ニッコリ微笑むまりあに、陽平がいつものように返事をした。

昨日のことなんて、なにもなかったかのような普通の声。
　ちらっと見あげると、陽平もあたしを見た。
「お、おはよ……」
　目が合って、気まずさを感じる。
　それは陽平も同じみたいで、しどろもどろになりながら目を泳がせていた。
「おー……」
「あ、あのねっ……」
　ムシされるかもって思っていたけど、気まずそうにしながらも返事をしてくれた陽平に、映画のことを切りだそうと覚悟を決める。
「今週の日曜なんだけど……」
「おーい、三浦〜！　昨日言ってたマンガ持ってきたぞ」
　だけど、あたしの声はクラスメイトに遮られた。
「お、サンキュー」
「今度は俺に貸せよなー！」
「その次は俺ね」
　男子があっという間に周りを取りかこんで騒がしくなったので、それ以上なにも言うことができなかった。
　陽平も、もう男子の輪の中に溶けこんで話をはじめている。
　っていうか、映画に誘うよりもまず……。
　言うべきことがあるでしょ。
　昨日のこと……。
　曖昧にしてしまったけど、そこを解決しなきゃ映画なんて誘えないよ。

「映画、陽平君も誘うの？」
　"今週の日曜"というワードにピンときたのか、からかうようにあたしを見るまりあ。
　ニヤッと笑って、なにか言いたそう。
「うん。チケットが４枚あるからって、芹沢君が」
「へー。学年で人気の高いふたりと行けるなんて、めちゃくちゃラッキーだね」
　あたしの気持ちを知る由もない呑気なまりあは、そう言ってうれしそうに笑った。
「うん……」
　まりあはうれしそうに笑うけど、あたしはそこまで喜べない。
　昨日のことがなかったら、素直に喜べたのに。
　なかったことにしたいけど、今さらそんなわけにもいかない。
　……どうすればいいんだろう。
　まさか、陽平にここまで悩まされるとは。
　男子の輪の中で無邪気に笑う陽平を見て、思わずため息を吐きだした。

冗談に決まってんだろ

　予鈴が鳴って、陽平の周りを取りかこんでいた男子たちは自分の席に戻っていった。
　ようやくひとりになった陽平だけど、まっすぐに前を向いたまま振り返るそぶりはない。
　話しかけるなら、今しかない。
　休み時間や昼休みは、男子とふざけあったり、他のクラスから女子が群がったりして、ゆっくり話せないから。
「よ、陽平……！」
　名前を呼びながら、肩を軽く叩いた。
　さっきまではしゃいでいたとは思えないほど静かに振り返った陽平は、あたしの目をまっすぐ真剣に見つめてくる。
　――ドキンッ
　なぜか、鼓動が高鳴ってドキドキした。
　なんで陽平なんかに……。
　ありえない！　と思って、胸の高鳴りを必死に打ちけす。
「……なんだよ？」
　気まずそうに、でもどこか切なげな顔を見せる陽平。
「あ、うん……えっと……」
　そんな顔をするから、あたしまで言いたいことを切りだせなくなってしまった。
　なんだか、変だよ。
　言いたいことが言えないなんて。

今までなら強気に言いかえせたのに、なんでこんなにも気まずいのかな。
　昨日のこと……ちゃんと確かめなきゃ。
「あのねっ……」
　意を決して口を開いたその時——。
「昨日のことだけど」
　陽平の声があたしの声を遮った。
　——ドキン
　昨日の、こと……。
　聞かなくても、告白のことを言っているんだってことがわかった。
　まさか、陽平から切りだしてくるなんて。
　雰囲気がさらに重苦しくなったような気がして、陽平との間にこんな空気は初めてだから戸惑う。
　なにを言われるんだろうって思ったら、ギクシャクしてしまって普通になんてできない。
「冗談だから」
「えっ？」
　冗談……？
　なに、が？
　目を見ひらいて、陽平の顔をマジマジと見つめる。
　わけがわからなかった。
　なにが冗談なの……？
「なに？　本気にしちゃった？　ありえねーだろ」
　えっ……!?

ありえない……？
　それって……昨日の告白のことを言ってるの？
　冗談だった……ってこと？
「いちいち本気にするなよな」
　いつものようにイタズラっぽく笑う陽平は、からかうような目をあたしに向けている。
　じょ、冗談……だったんだ？
　はは、なにそれ。
　ヘナヘナと、肩に入っていた力が抜けていく。
　ウソ……だったんだ？
　なに、それ。
「最っっ低！」
　冗談でも、陽平にそんなことを言われたくなかった。
　なんなの……!?
　なんでそんな冗談を言ったの？
　本気にしたあたしがバカみたいじゃん。
　さっきまでずっと悩んで、真剣に考えてたのに。
　一晩中考えて、悩んで悩んで悩みまくった時間を返せと言ってやりたい。
　あんまり寝れなかったんだからね？
　なんなの、ホント。
　……ムカつく。
　人をからかって、遊んで。
　どうせ陽平は、告白を本気にしたあたしを心の中で笑ってたんでしょ？

いつもいつも陽平は、あたしにだけひどい仕打ちをしてくる。
　まさか、こんなことでからかわれるなんて。
「ホント、ありえないからっ」
　めちゃくちゃ腹が立って話すのが嫌になったあたしは、机に突っぷしてムシを決めこんだ。

　映画のことも、結局言えずじまいのまま迎えた放課後。
　陽平なんかと一緒に行くって考えただけで、うんざりしてしまう。
　今は顔も見たくない。
「愛梨、帰ろう！」
「うん」
　隣でまりあがカバンを持って立ちあがる。
　去り際に陽平と目が合ったけど、わざとらしく思いっきり顔をそむけた。
　絶対に許してやらないんだから。
　まりあと一緒に教室を出て、ミーコと待ち合わせている靴箱まで歩く。
　最近は３人で一緒に帰ることが多くて、寄り道することも増えた。
　昇降口に着くと、ミーコは靴箱に背中を預けるようにして待っていた。
　ミーコは今日も美人でおしとやか。
「愛梨！　まりあ！」

あたし達の顔を見た瞬間、うれしそうに笑うミーコ。
　きれいなストレートの髪が、吹きぬける風になびいて揺れている。
「ミーコ、お待たせ」
「遅れてごめんね」
　ミーコの笑顔を見て、あたしとまりあも笑顔になる。
　靴に履きかえ、そのまま３人で学校をあとにした。
「どっか寄ってかない？」
　ミーコがそう提案する。
「いいねー！」
　なんだか、このまま帰るのはもったいない気がしてあたしは即賛成。
「カラオケ行きたい！」
　まりあも即答した。
　あたしたち３人はすごく気が合って、まりあとミーコもあたしを通じてすぐに仲よくなった。
　３人でいると、嫌なこともすぐに忘れられる。
　陽平のことなんか忘れて今日は楽しむんだ。
「いいね、じゃあカラオケにしよ」
　ニッコリ微笑むミーコ。
「そうだね」
　あたしはみんなで楽しめればどこでもよかったから、まりあの意見に賛成。
　まりあがいると、いつも行き先がすんなり決まる。
　今までカラオケ、ゲーセン、ファーストフードのお店、

ケーキ屋さんに行ったりしたけど、そのほとんどがまりあの提案。
　先生やクラスメイトのこととか、お互いのクラスの授業の進行具合とか、話題が尽きることはない。
「そういえば、陽平君に映画のこと言えた？」
　まりあにそう言われて一瞬ギョッとした。
　言わなきゃいけないってわかってるけど、近くにミーコがいるのが気まずい。
　だって、絶対突っこまれるし。
　昨日、ミーコもあの場にいたから……。
　ま、冗談だったってことを言えば問題はないんだけど。
　それでも、思い出すと腹が立ってどうしようもない。
「えー、なになに？　陽平と映画に行くんだ？」
　思ったとおり、ニンマリと小悪魔的にあたしを見て微笑むミーコ。
「うん！　芹沢君がチケットを持ってるらしくて〜！　4人で行くんだよー」
　なにも知らないまりあが、ミーコの質問に無邪気に答えた。
「へ〜、芹沢君がねぇ。4人ってことはダブルデート!?　愛梨は陽平を誘うつもりなんだ？」
「べ、べつにあたしが誘いたいわけじゃないよ？　芹沢君が陽平も誘えって言うから仕方なくだよ、仕方なく！」
　誤解されたら嫌だから、そこは強調して伝えておきたいところ。
　あたしが陽平と行きたいわけじゃないんだから。

小学校の時からの仲なだけに、ミーコの性格はよく知っている。
　おしとやかだけど小悪魔的な一面もあるミーコは妖しげに笑っていて、こんなふうにからかわれるのは初めてじゃない。
「陽平は愛梨に誘われたら喜ぶと思うから、そんなに嫌わないでさっ！　それと、陽平にちゃんと返事してあげなよ～？」
　陽平が喜ぶ……!?
　それに……返事って。
「誰があんな奴に！」
「かわいそうじゃん、陽平が」
「全然！　かわいそうなのは、むしろあたしだから」
　あんな冗談言われてさ。
　あたしはまだ怒ってるんだからね。
　冗談だって言われたことは、説明するとまた腹が立ってきそうだったから言わないでおいた。
　映画だって本当は一緒に行きたくない。
　冗談で好きとか言っちゃう陽平なんて嫌だ。
　でも、芹沢君と約束しちゃったし……。
　今さら断れないよね。
　あーもう！
　陽平のことを考えるのはやめよう。
　せっかく遊びに来てるんだし、今はこの時間を大切にしたい。

リセット、リセット。
　駅前のカラオケにやってきたあたしたちは、カバンを置いてひと息ついた。
「まりあ、先に歌っていいよ～」
「本当？　わーい」
　なんて言いながら、ドア付近にいるあたしはリモコンを取って渡す。
　鼻歌交じりに曲選びを始めたまりあを見て、あたしとミーコは顔を見あわせて笑った。
「ミーちゃんは好きな人いないの？」
　まりあがちらりとミーコを見る。
　そういえば、ミーコの恋バナって聞いたことないなぁ。
　小学校からの仲だけど、誰かを好きって言ってるのも聞いたことがない。
　ま、あたしもだけど。
　いるのかな？
「いるよ～！」
「えっ!?」
「だれだれ～？」
　ビックリして目を見ひらいたあたしとは逆に、まりあは興味津々！といった表情で目を輝かせている。
「誰にも言わないって約束してくれる？」
　恥ずかしそうに頬を赤らめるミーコの顔は、今までに見たことがないぐらい、恋する乙女の顔だった。
　か、かわいい……。

ヤバいよ、ミーコのその顔。
　　その反応。
「「もちろん！」」
　　まりあと声を揃えて言うと、ミーコは一瞬だけ顔を伏せた。
　　そしてすぐに顔を上げて、ためらいがちに口を開く。
「同じクラスの青田君だよ」
　　……青田君、か。
　　そっか。
　　その人がミーコの好きな人なんだ。
　　8組は階が違うから、同じ1年生でもどこかアウェイな感じがしていて、どんな人がいるのかよく知らない。
「あ～、青田か！　たしかにカッコいいもんね」
　　まりあがニヤリと笑った。
「まりあ、知ってるの？」
　　疑問に感じて、まりあに向かって首を傾げる。
「うん！　同じ中学だったからね。クラスは違ったから、話したことはないんだけど」
　　まりあの話によると、青田風磨君はバスケ部に所属していて、中学の頃はキャプテンを務めていたんだとか。
　　バスケ部のエースで、性格も明るくてそれでいてイケメン。
　　女子が放っておくはずもなく、いろんな女の子からよく告白されていたらしい。
　　見た目はチャラいらしくて、そんな人がミーコのタイプだと思っていなかったあたしは衝撃を受けた。
　　ミーコが好きなのは、芹沢君みたいな爽やかなタイプだ

と思っていたから。
　人って、見かけによらないんだね。
「それでね、青田君にバスケ部のマネージャーをやらないかって誘われちゃって」
「えー、マジ？　何気にいい感じなんじゃん！」
　ミーコのカミングアウトから、あたしたちは歌うことを忘れて恋バナをしていた。
　恥ずかしそうに、でも幸せそうに笑っているのを見ていたら、あたしまでうれしくて。
　ミーコの恋がうまくいけばいいなって、心の底から思った。
「愛梨はどうなの？　昨日のこと、ここで打ちあけちゃえば？」
「……えっ!?」
　ミーコに言われてギクッとする。
　話すのは抵抗(ていこう)があったけど、ミーコも打ちあけてくれたわけだし。
　話したら少しはイライラもマシになるかな？
　なんて、さっきまでとは真逆の考えが頭に浮かんだ。
「えー、なに？　意味深ー！　やっぱり、陽平君となにかあったの？」
「うん、あのね……。告白まがいのことされたけど……いつもの冗談だったみたい」
　思い出したら、やっぱりまた腹が立ってきた。
　バカみたいにからかって、どうせ昨日だってあたしの反応を見て陰(かげ)で笑ってたんでしょ？

状況を知らないまりあに、昨日のことを簡単に説明した。
「えー、冗談だって言われたの？」
　目を見ひらいて驚いているミーコ。
「そうだよ！　ひどいでしょ？　いくらなんでも、そんな冗談はありえないでしょ！　ムカついたから、今日はほとんどシカトしてた」
「んー、陽平の奴……素直じゃないんだから」
「だよねー！　ほーんと、ジレったいっていうか」
　ミーコとまりあはわけのわからないことを言っていたけど、あたしは怒りが増していくばかりだった。
　イライラを落ちつかせようと、オーダーしたブドウジュースに手を伸ばす。
　ストローを口に含んで吸うと、甘いブドウの味が口の中に広がった。
　冷たいジュースは胸にストンと落ちて、少しだけ気持ちが落ちついた。
「ぶっちゃけあたし、愛梨は陽平が好きなんだと思ってたよ」
「ぶーっ……！」
　ミーコの爆弾発言に、ジュースを勢いよく吹きだす。
「あたしも！」
　え……？
　まりあまで？
「げほっ！　やめてよっ！　ありえないから！　誰があんな奴……！」

いつもイジワルばっかしてくるし、好きになる要素なんてどこにもないじゃん。
　ふたりにそう思われていたことが、かなりショックだった。
　だってあたしの理想は、誰にでも優しい王子様みたいな人だもん。
「ふたりは、お似合いだと思うけどなー！」
　まりあの言葉に目を見ひらく。
　お似合い!?
　本気でやめていただきたい。
　ありえないし。
「変なこと言ってないで。さ、歌おう！　まりあが歌わないなら、あたしが先に歌っちゃうもんね」
「あ、ダメ～！　歌う曲決まったもん」
　リモコンを奪おうとするあたしの手を遮って、まりあは曲を入れた。
　そこで話は終わって、あたしはホッと胸を撫でおろした。
　これ以上陽平の話はしたくない。
　思い出すとイライラして仕方がない。
　せっかくの楽しい時間なんだから。
　嫌なことは忘れて、楽しまなくちゃ！
　その後はカラオケで盛りあがって、フリータイムだったから時間を忘れて楽しんだ。
「げ！　もう６時じゃん！　うち、門限厳しくてさ～。プリクラも撮りたいし、そろそろ出ない？」
　まりあがスマホで時間を確認しながら、顔をしかめた。

楽しい時間は本当にあっという間に過ぎちゃう。
「そうだね。そろそろ出よっか」
　帰る準備を始めて、脱ぎちらかしたブレザーを羽織る。
　荷物をまとめてスマホをポケットに入れると、カバンを手にして立ちあがった。
「明日は休みだねー！　うれしいー」
　明日は土曜日。
　日曜日には映画が待っている。
　陽平に話さなきゃと思うと、気分が重くなった。
　でもまぁ、ふたりきりってわけじゃないし。
　来るかどうかもまだわからないし。
　できれば来てほしくはない。
　芹沢君は、気を遣ってあたしと仲のいい陽平を誘ってくれたんだろうけど。
　あたしとしては、芹沢君の友達のほうがいい。
　カラオケを出たあと、あたしたちはゲーセンに寄ってプリクラを撮った。
　ワイワイガヤガヤ、周囲はとてもうるさい。
「あはは〜！　愛梨、半目だし」
　からかうようにまりあが笑う。
「も〜！　ヤダって言ったのに、なんでそれを選ぶかな」
　拗ねて頬を膨らませるあたし。
「いいじゃん、かわいいよ」
「どこが!?」
　慰めてくれるミーコに、思いっきり反論した。

にぎやかなゲーセンの中、あたしたちの声も負けてなかった。
「じゃあ、あたしはここで！　また明日ね」
「うん、バイバイ」
「またね」
　ゲーセンを出たあと、駅の改札でふたりと別れた。
　ミーコとは地元が同じだけど、駅からは方向が別だからここでお別れ。
　改札を抜けるまりあの背中を見送り、ミーコに手を振ってから歩きだす。
　ずいぶん暗くなっちゃったなぁ。
　上を見ると、藍色に染まる空が目に入った。
　曇っているのか、星もお月様も見えない。
　それはまるで、どんよりしているあたしの心の中を表わしているようだった。

不意打ちのファーストキス

　トボトボ歩きながら陽平の家の前を通った時、ふと映画のことがよぎって足が止まった。

　どうしよう。

　まだ誘えてない。

　明後日(あさって)だから、さすがに今日誘わないとまずいよね。

　陽平がダメなら、芹沢君も友達を誘わなくちゃいけないし。

　返事は早いほうがいいに決まってる。

　このまま家に寄ってみようかな。

　でも、あたしはまだ怒ってるんだからね。

　うーん。

　どうしようか悩みまくった結果、あたしは陽平の家のインターホンを押していた。

　――ガチャ

「あら～愛梨ちゃん！　ひさしぶりね～、いらっしゃい」

　玄関が開くと、中から陽平そっくりのかわいらしい女の人が笑顔で出むかえてくれた。

　若々しくて無邪気な陽平のお母さん。

　小学生の時はよく遊びに来てたけど、その頃からおばさんはぜんぜん変わらないなぁ。

「おひさしぶりです。あの、陽平いますか？」

　なんの連絡もせずに来たから、いるかいないかわからなかった。

「いるいる〜! いるわよ〜! 帰ってきてからずーっとダラダラしてるの。愛梨ちゃん、喝入れてあげて〜!」

　陽平には年の離れたお兄さんがふたりいて、ふたりとも結婚して家を出ている。

　今は陽平とおじさんしかいないから、おばさんはすごく寂しいみたい。

　だからなのか、あたしのことを本当の娘のようにかわいがってくれるし、そんなおばさんが昔から大好きだった。

「お邪魔しまーす」

　最後に陽平の家に来たのはいつだろう。

　懐かしいなぁ。

　陽平んちの匂い。

　おばさんの人柄のせいか、優しい匂いがして安心する。

「陽平は部屋にいるよ。あとでお茶持っていくね」

「ありがとうございます。すぐ帰るんで、お構いなく〜!」

　おばさんにニコッと微笑んでから階段を上がった。

　会いたくないけど、仕方ないもんね。

　用事がすんだらすぐに帰ろう。

　螺旋階段を上って廊下を進む。

　陽平の部屋は廊下の一番奥。

　あー。

　なんかやだなぁ。

　やっぱり会いたくないかも。

　ここまで来てもためらってしまう。

　——コンコン

小さくノックして返事を待つ。
「いちいちノックしないで、勝手に入れよ」
　ドアの向こうからダルそうな声が聞こえて、取っ手に手をかける。
　そして、ゆっくりと押しあけた。
　──ガチャ
「!?」
　開けた途端、あたしは目の前に広がる光景を見て息を呑んだ。
「ちょっと!!　なんで裸(はだか)なのよ！」
「うわ、なんでお前がいるんだよ！」
　あたしと同じように、陽平は目を見ひらいてビックリしている。
　いやいや……！
「なんでって、用事があったからだよ。ふ、服くらい着てよね！」
　なんで上半身裸なのよ。
　引きしまった男らしい体を見て、もう子どもじゃないんだとあらためて感じた。
　お父さん以外の男の人の裸を見るのは初めてで、見なれていないせいか、ドキッとして目のやり場に困ってしまう。
　制服を着てるとわからなかったけど、いつの間にこんなに男らしくなっていたんだか。
　頬が熱くなって、恥ずかしさでいっぱいになっていく。
　あたし……なに意識しちゃってんの？

相手は、イジワルな陽平だよ？
　ありえないって。
「なんだよ、用事って」
　と、とりあえず……目のやり場に困るから、服を着てほしいんだけど。
　陽平はあたしが相手だからなのか、そんなことを気にするそぶりは一切ない。
　それどころか、まだどこか不機嫌そう。
　っていうか、怒ってるのはあたしなんだからね？
「日曜……空いてる？」
「日曜？　なんで？」
　ベッドに腰かけていた陽平が動いたのと同時に、スプリングが軋(きし)んでギッと音を立てた。
　――ドキン
　ドキドキするのは、このシチュエーションだから？
　ベッドの上で上半身裸って、なんかちょっとイケナイ妄想(もうそう)とかしちゃうんだけど。
　ありえないよ。
　陽平相手に。
　だけど、気持ちとは裏腹にドキドキは大きくなっていくばかり。
　いやいや、なにかのまちがいだよ。
　そんな自分の気持ちにフタをした。
「空いてたら、一緒に映画観に行かない？」
　おそるおそる陽平の顔に目を向ける。

陽平はビックリしたように目を見ひらいて、それからしばらくすると頬をポリポリ掻きはじめた。
　心なしか顔も赤いような気がする。
「……べつに、いいけど。なんの映画？」
「い、今流行ってる恋愛映画だよ」
　あたしの言葉に陽平の眉(まゆ)がピクッと動いた気がするけど、気にしないふりをする。
「恋愛映画より、アクション映画のほうがおもしろいだろ。つーか、座れば？」
「あ、うん……」
　そう言われて、ガラステーブルの下のラグマットにちょこんと腰かけた。
　ベッドを背もたれにして足を伸ばす。
　陽平はベッドから下りて、ガラステーブルを挟(はさ)んだあたしの向かい側に座った。
「どうしてもその映画がいいのかよ？」
　嫌そうに顔をしかめる陽平の反応は思ったとおりだけど、観る映画は決まってるから変更(へんこう)はムリだ。
「うん、変更はできないから。嫌ならいいよ。ほかの男子と行くし」
　陽平がムリなら、芹沢君の友達と行くことになる。
「はぁ!?」
　陽平は、今度はあからさまに不機嫌な声を出した。
　なにが気に入らないのか、鋭(するど)い目つきであたしのことをにらんでいる。

「なんだよ、それ。男なら誰だっていいのかよ？」
「ち、違うよ！　陽平がダメなら、芹沢君の友達と行くことになってるの」
「芹沢の友達？　なんだそれ。意味わかんねーし」
「ダブルデートだよ。芹沢君とまりあとあたしと……」
「なんだよ、ダブルデートって。なんで俺が行かなきゃなんねーんだよ？」

　陽平の顔はさらに険しくなる。

　なんでここまで怒るのか、あたしには全然理解できない。
「それはまぁ、いろいろあって」

　芹沢君がまりあを好きってことを、あたしが勝手にペラペラしゃべるわけにはいかない。

　そのために芹沢君に協力しているってことも、勝手に言ったらダメな気がして黙っておくことにした。
「あっそ。お前のことだから、どうせロクなことじゃねーんだろうな」

　ムッ。

　な、なんなのこの態度。

　百歩譲って大人な対応をしてあげてるのに。

　っていうか、何度も言うけど怒ってるのはこっちなんだから！

　謝ってほしいくらいなんだからね！

　思い出したら、またイライラしてきた。
「ロクなことじゃないのは陽平でしょ？　ウソの告白に、あたしがどれほど振りまわされたと思ってんの？」

笑って冗談ですませられるほど、陽平にとっては軽いものだったんでしょ？
　言っていいことと悪いことがあることくらい、陽平ならわかってると思ってた。
「それはお前が……『この世の終わり』とか言うから、つい」
「それでも、言っていいことと悪いことがあるでしょ。真剣に悩んだんだからね」
「……悪かったな」
　陽平にさっきまでの勢いはなく、本当に悪いと思ったのか、申しわけなさそうに眉を下げた。
　そんな姿を見ていたら、だんだんあたしの怒りも落ちついてきて。
「もういいよ。そのかわり、今後そういう冗談はやめてね」
「もう言わねーよ」
　ふてくされている陽平に、疑いの目を向ける。
　本当にわかってくれたのかな。
　ちょっと不安だ。
「っていうか、そういうことは本気で好きな人にだけ言うもので、冗談でもあたしなんかに言っちゃダメなの。わかった？」
　当たり前だけど、冗談でもそんなこと言っちゃダメなんだよ。
　バカだけど、そこはわかってると思ってた。
「談じゃ……ねーよ」

「えっ？　なにか言った？」
　ボソッと囁くような声がしたけど、聞きとれなくて聞き返す。
　陽平はなぜか、切なげに瞳を揺らしていた。
　な、なんなの？
　ふてくされていたかと思えば、急にそんな表情を見せて。
「べつに。日曜、俺も行くから」
　今度は陽平がそう言って、顔をプイとそむける。
　なんだか傷ついているようにも見えるその横顔に、あたしの中で疑問は膨らむばかり。
「……わかった。さっきも言ったけど、芹沢君とまりあも一緒だから。11時に駅で待ち合わせね。じゃあ……」
　そう言って、立ちあがった。
　なんだかもう、早く帰りたい。
　この場から立ちさりたい。
　——ガシッ
　だけど、陽平に腕を掴まれて行く手をさえぎられた。
「愛梨にとって、俺はただの男友達なのかよ？」
「え……？」
　——ドキッ
　あまりにも真剣な陽平の顔を、直視できない。
　昨日から本当にわけわかんないよ。
　なんなの？
「あ、当たり前でしょ」
　男友達以外になにがあるの？

「じゃあ芹沢はお前にとってのなに？」
「な、なんで芹沢君が出てくるの？」
「好きなタイプなんだろ？ お前にとって特別なのかよ？」
「そ、そんなの陽平には関係ない……っ」
「俺は……お前のことをダチだと思ったことは一度もない」
　えっ……？
　掴まれた腕がジンジン熱い。
　『ダチだと思ったことは一度もない』……って。
　なに、それ……。
　友達以下ってこと？
　あたし……今まで陽平に友達だと思われてなかったんだ。
　──ズキンッ
　なんだ。
　だからあたしにだけ冷たかったんだ。
　イジワルしたり、憎まれ口を叩いたりしてきたのも全部、友達だと思われてなかったから。
「言っとくけど……日曜はお前らの仲を取りもったり、協力なんて絶対しないからな」
　あたしはズキズキ痛む胸を押さえながら、陽平の理解不能な言動を聞いていた。
「邪魔してやるから、覚悟しとけよ」
　その意味を理解できないまま、あたしは陽平の家をあとにした。

　日曜日。

モヤモヤした気持ちのまま今日を迎えてしまった。
『ダチだと思ったことは一度もない』
その言葉が胸に深く突きささって、傷口は大きくなるばかり。
じゃあ……あたしは陽平にとって、いったいなんだったの？
ただイジワルをするための相手？
そんな疑問がずっと頭の中を巡っていた。
「おはよう、吉崎さん」
早めに待ちあわせ場所に着くと、芹沢君がすでに来ていた。
今日は快晴で、絶好のおでかけ日和。
「おはよう！　早いね」
ニッコリ微笑む芹沢君につられて、あたしの頬も自然と緩む。
待ちあわせスポットでもある時計台まで来たあたしは、太陽の光に思わず目を細めた。
「昨日は緊張しすぎて、あんまり寝れなくてさ」
「えー、そうなんだ？　芹沢君でも、緊張とかするんだね」
「するする！　もう、ドキドキしっぱなし」
「あは、かわいい〜！」
爽やかな王子様キャラだと思っていたけど、意外と乙女チックな部分を持ちあわせている芹沢君。
話しやすいし、陽平と違って優しいから芹沢君の前だと自然と笑顔になれる。
素直に気持ちを表現してくることに驚いたけど、絡みや

すいし、雰囲気も優しいし。
　芹沢君だったら、まりあを大事にしてくれそう。
　安心して任せられるよ。
　それに、陽平とは大違いだ。
　そう……陽平とは。
　――ズキッ
　あー。
　陽平のひとことでこんなにも傷つくなんて。
　あたしのメンタルってこんなに弱かったっけ？
　ウソでも友達だって言ってほしかった。
　口喧嘩ばかりだけど、少なくともあたしは友達だと思っていたのに。
　でも、きっと、あれは冗談なんかじゃなくて。
　本気で言ったんだろう。

「よう」
　約束の時間の５分前。
　聞きおぼえのある低い声に思わず鼓動が高鳴った。
　振り返ると、そこにはオシャレにジャケットを着こなす陽平の姿。
　いつもはカジュアルなのに、今日はすごくタイトな感じで大人っぽい格好をしている。
　スタイルがいいから、なにを着ても似合っちゃうところがやっぱり憎たらしい。
　陽平はあたしと芹沢君の間に入ってきた。

「お、おはよ」
　なんだか陽平の顔を直視できない。
　芹沢君とだったら普通に話せるのに。
「おはよう、三浦」
「おう」
　陽平は無表情に芹沢君を見おろしている。
　なんとなくムスッとしてるし、ぶっきらぼうな口調がかなり感じ悪い。
　芹沢君のことが嫌いなのかな……？
　わからないけど、今の陽平を見てたらそう思えてならない。
「おはよう、遅れてごめんね〜！」
「まりあー、おはよう」
　少しするとまりあも来て、４人揃ったところで映画館に移動することになった。
　あたしとまりあが前を歩いて、うしろに陽平と芹沢君。
　ひしひしと視線を感じてうしろをチラチラ振りかえると、その度に陽平と目が合って。
　気まずくなって、パッと前を向く動作を繰りかえしていた。
「気になる？　陽平君のこと」
　隣にいたまりあにクスッと笑われてしまった。
「べつに、全然！」
　どうしてあたしが。
「そういえばこの前、すっごくかわいい子に告られてるところを見たよ〜！　なんか中学の同級生っぽかったけど」
「ふーん」

「ふーんって。愛想ないなー。気にならないの？」
「全然！」
「あーあ。陽平君がかわいそうー！　とにかく、すごくかわいい子だったよ」
　だから……そんなこと、聞いてないってば。
　まりあってば、おせっかいなんだから。
「なんて返事したか気にならない？」
「べつに」
　なんであたしが。
「さっきから、なーにジロジロ見てんだよ？」
　──グイ
　え……？
　急にそんな声が聞こえたかと思うと、突然肩を思いっきり引きよせられた。
　見あげると、至近距離に陽平がいてドキッとする。
「ちょ……なにすんのよ！」
「俺に見とれてたくせに、今さら照れんなよ」
　は、はぁ……？
「本当は俺と並んで歩きたいんだろ？　だったら、最初からそう言えよ」
「えっ……？」
　いや、そんなことはひとことも言ってませんけど!?
　だけど肩を抱かれたままグイグイ歩かされて、いつの間にか芹沢君とまりあから離れていた。
　うしろを振りかえると、ふたりは苦笑いをしていて。

まりあはクスクス笑ってるような感じだったけど、芹沢君はきっと陽平の横暴(おうぼう)ぶりに呆れてるだろう。
「ちょっと！　どういうつもり？　なんでこんなこと……」
　陽平の横顔を見あげる。
　至近距離にあるきれいな顔と、逞(たくま)しい腕にありえないくらいドキドキする。
　……な、なにこれ。
　本当に。
　どうかしてるよ、あたし。
　傷ついてたはずなのに、陽平の行動ひとつひとつにドキドキして、振りまわされてばっかりだ。
「邪魔するって言っただろ？　悪いけど、まだまだこんなもんじゃねーよ」
「えっ？」
　そういえば、そんなことを言ってたような気がしないでもない。
「邪魔するって、どういうこと？」
　いまいちよくわからないんだけど。
　なにを邪魔するの？
「わかってないのかよ、バカだな」
「なっ」
　バカって。
「ま、愛梨だしな」
　今日にかぎったことじゃないけど、なんだかすごくバカにされてる気がする。

「お前らふたりをうまくいかせてたまるかよってことだ。ほら、さっさと行くぞ」
「ちょ、引っぱらないでよ」
「愛梨がトロいからだろ？」
「トロくないよ」
　お前らふたりって……誰のことを言ってるの？
　ますますわからなくなったけど、それ以上は聞けなかった。
　だけど芹沢君とまりあの邪魔をするわけではなさそうだから、ひとまず安心。
　そう思って、あたしは仕方なく陽平と並んで歩いた。
　そこまではよかったんだ、そこまでは。
　そのあとも陽平は、ことごとくあたしに執拗に絡んできて。
　映画を観る時も『愛梨はここな』と言われて、一番端っこの陽平の隣に座らされた。
　普通こういう時って、あたしとまりあがまん中に入って、左右に陽平と芹沢君が座るんじゃないの？
　なのに、陽平とまりあがまん中で、あたしと芹沢君が端っこだった。
　おまけに上映中もこっちをじーっと見てくるから、ストーリーに全然集中できなかった。
　せっかく楽しみにしてた映画なのに。
　陽平は……いったいなにがしたいわけ？
　なにを考えているの？
「愛梨は昔っからくだらない恋愛映画が好きだったよなー。俺がどれだけ付き合わされてきたか。その度に鼻水垂らし

ながら泣いてたよな。あの顔見たら、絶対誰もがドン引きするし」
　映画が終わったあと、陽平はシレッとそう言い、余韻に浸っていたまりあとあたしの雰囲気をぶちこわした。
「鼻水なんて垂らしてないからっ！　それに、言うほど陽平と映画に行った覚えもないんだけど！」
　芹沢君とまりあの前で変なことを言うのはやめて。
　恨みを込めた目でジロッと見やると、悪態をついてスッキリしたはずの陽平は、おもしろくなさそうにふてくされた顔をしていた。
　いや、ふてくされたいのはこっちなんだけど。
　でも、ガマンガマン。
　今日は芹沢君を応援するために来たんだから。
　なんとか気持ちを切りかえて、４人でファミレスへ移動した。
　４人掛けの席にあたしとまりあが並んで、真正面には陽平が座る。
　正面にいるのが陽平っていうのは気に入らないけど、仕方ない。
　芹沢君のためだ、芹沢君の。
「もう食わねーの？　いつもはライスの大盛り頼んで、こっちが引くぐらいガツガツ食ってんのに。デザートも２個ぐらい余裕でいけるだろ？」
　食べおわったあと、陽平は平然とあたしに悪態をついてきた。

イジワルな顔が憎たらしい。
　でも、グッと堪えてガマンガマン。
「なんなら俺がもう１個デザート頼んでやろうか？　大食いの愛梨には足りないだろ？　ムリすんなよ」
「ムリしてないからっ！　それに、あたしの胃袋はそんなに大きくないもん」
　ライスの大盛りを頼んでるのは事実だけど、デザートはいつも１個だもんっ。
「ふーん、あっそ。つまんねー奴。それより、芹沢！　愛梨の奴、小４までオネショしてたんだぜ」
「してないよ!!　変なこと言わないで！　バカ！」
　さすがにそれは大否定した。
　そんなウソをつかれたんじゃ、たまったもんじゃない。
「愛梨の小学校の時のあだ名は『アホりん』でさー、バカな愛梨にピッタリだったんだ」
　聞きながしてきたつもりだけど、ここまでバカにされたらもうガマンの限界。
　"アホりん"ってのは、男子が勝手に呼んでただけ。それに、そう名付けたのは、ほかでもない陽平なのに！
　これで収まるかと思いきや。
　ファミレスを出た直後、きれいな女の人が目の前を通りすぎていった。
　出るとこは出てて、引きしまるところは引きしまってるスタイルもバツグンで顔もきれいな人。
　陽平はなぜか、そのあとあたしの胸もとに目を向けて残

念そうにひとこと。
「お前もあれくらいあったら、少しは見るところもあったのにな。芹沢はやっぱ、スタイルがいい女が好き？　だったら愛梨のことはやめたほうがいいぞ。こいつ、色気もなにもないから」
　なっ……。
　なんなの。
　そりゃあたしは貧乳で色気もないけど。
　陽平にだけは、そんなことを言われたくない。
　しかも、芹沢君にそんなことを聞かないでよ。
「芹沢、知ってるか？　愛梨は中学の時、数学のテストで５点を取ったことが……っ」
「ちょっと来て！」
　耐えきれなくなったあたしは、陽平の腕を引っぱってふたりから離れた。
　失礼すぎてムカつく。
「どういうつもり？」
　せっかく楽しもうとしてるのに、雰囲気をぶちこわすようなことばかり言う陽平にかなり腹が立った。
　散々けなされて、イライラマックス状態。
　いったいなにがしたいわけ!?
　いつも場を盛りあげて、一番楽しもうとするのは陽平なのに。
　なのに、今日にかぎって本当、なんなの？
　感じが悪いにもほどがある。

なにも答えようとせず、不機嫌そうにムスッとする陽平に腹が立って仕方ない。
「少しは気を遣って楽しいフリとかできないの？　映画のチケットをくれた芹沢君に対して、失礼すぎるよ」
「俺、今日は楽しむつもりなんてねーし。つーか、楽しめるわけないだろ」
　──ムカッ
　腕組みをしながら平然と言う陽平に、イライラが増していく。
　せっかくみんなで来てるのに、こんな態度ってないでしょ。
　いくら芹沢君のことが嫌いでも、人としてそれはないんじゃない？
　ショッピングモールのレストラン街の片隅(かたすみ)で、あたしと陽平は向かいあっていた。
　休日ということもあって人が多かったけど、ここはお店もなにもない場所だからほとんど人の気配がしない。
　芹沢君を応援するために来たのに、これじゃ全然応援できないじゃん。
　陽平が変なことばっか言うから、ドキドキハラハラしてそれどころじゃないよ。
「陽平なんて誘うんじゃなかった」
　これなら、芹沢君の友達が来てくれたほうがよっぽどよかったよ。
　そしたら、芹沢君のことをもっと応援してあげられたのに。

まりあと芹沢君は大人だから、幼稚な態度を見せる陽平に笑ってくれるけど。
　あたしは許せない。
　せっかく芹沢君が頑張ろうとしてるのにさっ。
　陽平のせいで、雰囲気ぶちこわしだよ。
「なんだよ、それ。じゃあお前は、俺が今日どんな気持ちで来たと思ってんだよ？」
　あたしの言葉にムッとしたのか、陽平がめずらしくムキになって言いかえしてきた。
　今までに見たことがないくらいのキツい視線に、心が怯みそうになる。
　でも、でもっ。
　さすがに今日の陽平の態度はないよ。
　あたしだって、黙ってはいられない。
「陽平がどんな気持ちで来たかって？　あたしをけなして、みんなから嫌われればいいとでも思ってるんでしょ？」
　それが狙いなんでしょ？
　だって、陽平はあたしのことを友達だとも思ってないんだもんね？
　嫌われて、ひとりぼっちになればいいとでも思ってるんでしょ？
「そうだよ。お前なんか芹沢に嫌われればいい」
　──ズキッ
　心ない言葉に胸が痛んだ。
「なにそれ……ひどいよ」

嫌われればいいって、なにそれ。
　そんなにあたしが嫌いなの？
　だったら、なんで構うの？
　どうして放っておいてくれないの？
　……わからないよ。
「ひどいのはお前のほうだろ？　ちょっとは俺の気持ちも考えろよ」
　だから、あたしをひどいって言う陽平のその気持ちがわからないんだよ。
「お前なんか、芹沢に嫌われて振られちまえばいいんだよ」
「な、なんでそうなるの？　意味がわからないんだけど」
　振られればいいって、なにをカン違いしてるのか知らないけどさ。
「お前があいつを好きだからだろうが！」
　えっ……？
　まくしたてるように一気に言われて、頭がついていかない。
　え……と。
　待って……どういう、意味？
　あたしが芹沢君を好き……？
　そんなこと、ひとことも言った覚えはない。
「お前の協力をするために、なんで俺がわざわざ来なきゃなんねーんだよ！　邪魔でもしなきゃ、やってらんねえよ」
　えっ……？
　もしかして。
　陽平は、あたしと芹沢君がうまくいかないように邪魔し

てた……?
　えー!?
　なんで……?
　わかんないよ。
「俺、お前のことをダチとして見たことないって言ったけど……こういうことだから」
「……え?」
　真剣な顔で距離を詰めてくる陽平に、ドキドキが止まらない。
　わけがわからないまま、ひと気のない壁際に追いやられ、ジリジリ迫（せま）ってくる陽平の真剣な顔を見つめる。
　心の中を見すかすようなまっすぐな視線に、なぜだか目が離せなくて吸いこまれそうになった。
　拒否したくても、今の陽平を見ているとそれもできなくて。
　鼓動がどんどん早く、大きくなっていく。
　──トンッ
　ついに背中が壁に当たってしまい、逃げ場を失った。
　や、やだ。
　なんなの?
　本当にわけわかんない。
「愛梨って、マジでバカだよな」
　目の前には陽平のドアップ。
　不機嫌な声だけど、至近距離にいるせいか色気があるように聞こえて。
　ドキドキと胸が高鳴る。

ありえない。
陽平にドキドキするなんて。
ふわふわの髪が頬に当たった。
ビックリして目を見ひらいた瞬間。
「んっ……」
唇になにかが触れる感触がした。
なにが起こったのかわからなくて、目を見ひらいたまま固まってしまう。
陽平を見ると、慣れたように目を閉じていた。
唇に感じる確かな温もりに、だんだんと、キスされているんだと頭が認識してくる。
え、なにコレ。
や、やだっ……。
なんで。
「っ……！」
な、なんで……!?
こんなこと……。
「や……めてっ！」
気まずさと恥ずかしさでいっぱいになったあたしは、陽平の胸を思いっきり突きとばした。
し、信じられない……。
ありえない。
最低……！
そう思うのに、なぜかドキドキしているあたしがいて。
顔も熱くて、まっ赤。

嫌なはずなのに、無理やりだったのに……どうしてドキドキが止まらないの？
「な、なんでこんな……冗談でもひどいよ」
　なんだかもう、自分の気持ちがよくわからなくて。
　次第に涙が込みあげてきた。
「冗談……？　俺が冗談でこんなことすると思ってんの？」
　涙目のあたしに、陽平が追いうちをかける。
「じゃあなんなの……？　もう……わかんないよ」
　陽平がわからない。
　なんでキスなんてしたの？
　あたしのことが……好きなの？
　それとも、これも嫌がらせ？
　"……冗談でした"、なんて言わないよね？
　そう言われちゃったら……あたしは。
　あたしは……っ。
「冗談で、したりなんかしねーよ」
　ボソッとつぶやかれた言葉にドキッとする。
　冗談じゃないなら……なに？
　なんなの？
　うまく処理しきれなくて戸惑う。
　ここ最近、陽平に振りまわされてばっかりだ。
　……悔しい。
「あ、たし、帰る」
　クルリと振りかえって、陽平の返事も聞かずに駆けだした。

エレベーターで1階まで降りたあと、無我夢中で走ってショッピングモールを出る。
　そして、近くにある大きな公園にたどりついた。
「はぁはぁ……っくるし」
　触れただけだけど、唇の感触がまだ残っている。
　涙は乾いたけど、胸は苦しいまま。
　なんで……？
　どうして？
　いきなり、キスなんてしたの……？
　ファーストキス、だったのに。
　あたしのことが嫌いなんでしょ？
　それなのに……どうして？
　友達だと思ってないなら、いったいなに？
『こういうこと』って、どういうこと？
　考えてもわからなくて、胸の中がモヤモヤで埋めつくされていく。
「あーもう……！」
　公園のベンチに座って、火照った体を冷ます。
　さっきの光景がいつまでも頭の中でリピートされている。
　……ダメだ。
　今は冷静に考えられない。
　あんなことをされたあとだもん。
　普通じゃ……いられないよ。
　カバンからスマホを取りだして、まりあに電話した。
「愛梨？　今どこ？」

スマホからはまりあの心配そうな声が聞こえてきて、申しわけない気持ちでいっぱいになる。
　こうなったのも全部、陽平のせいだ。
　芹沢君だって、急にいなくなったあたしたちを心配してるよね。
　それとも、ふたりきりになれるチャンスだと思ってくれたかな？
「ごめん、急に家から連絡があって！　用事ができたから先に帰るね。まりあは芹沢君と楽しんで」
「えー、そうなの？　用事ができたなら仕方ないね」
「うん……。ごめんね、あたしたちのことは気にせず楽しんでね」
　悪いと思ったけど、とりあえず約束の映画は終わったわけだし。
　あとは芹沢君が頑張ってくれるはず。
　電話を切ると、しばらく公園でぼんやりしてから家に帰った。

気まずい関係

　昨日あれから陽平から着信があったけど、画面の名前を見たまま固まってしまい、出れなかった。

　モヤモヤして眠れなかったのは言うまでもなく、月曜日の今日はかなりの寝不足。

　重い足と心を引きずりながら、気合で学校までやってきた。

「おはよう」

　始業ギリギリに来たあたしは、男友達と騒ぐ陽平を見ないようにしてまりあに声をかける。

「あー、おはよう！」

　あたしを見るなり、いつものようにニッコリ微笑むまりあ。

　その笑顔に、少しだけ心が和んだ。

　あたし……ちゃんと笑えてるかな。

　顔、引きつってないよね？

　見ないようにしてたって、あんなことがあったせいで意識は陽平に向いてしまう。

　ど、どうしよう。

　めちゃくちゃ気まずいよ。

　キス……しちゃったんだよね？

　何回も目が合いそうになったけど、陽平が動く度に、あたしは慌てて顔をまりあのほうに向けて、目が合うのを回(かい)避(ひ)した。

……はぁ。
　ホント、やだ。
　それなのに……なんでよりによって陽平とキスなんて。
　ファーストキス、だったのに。
　その光景が頭から離れなくて、いまだにドキドキしてる自分が信じられない。
　ありえない。
　ホント、ありえない。
　あたしのファーストキスを返せ！　と大声で言ってやりたい。
「昨日はごめんね。芹沢君と楽しめた？」
　陽平のことは置いといて、気がかりだったことをまりあに聞く。
「うん！　普通に楽しかったよ〜！　その辺ブラブラして、ちょっとお茶して帰ったんだ〜！」
　照れたように頬を赤らめて、ニッコリ笑うまりあ。
「そっか。それならよかった」
　芹沢君、うまくやったんだね。
　とりあえず、ホッと胸を撫でおろす。
　陽平のせいで、雰囲気ぶち壊しにならなくてよかった。
　昨日のこと、あとで芹沢君にも謝らなきゃ。
　悪いことしちゃったもんね。
「……愛梨」
　――ドキッ
　名前を呼ばれて顔を上げると、陽平が男子の輪から外れ

て、こちらに向かって歩いてくるのが見えた。
　眠たいのか目がトロンとしている。
　げっ。
　ど、どうしよう……。
「ごめん！　あたし、ちょっとトイレ行ってくるっ」
「え？　もうすぐチャイム鳴るよ～！」
「大丈夫、すぐだから」
　慌てて立ちあがって、逃げるようにして教室を出た。
　とにかく今は陽平と話したくない。
　普通になんかしてられないよ。
　陽平にとって、昨日のキスはなんでもないことなの……？
　なんで話しかけてこれるの？
　あたし、ほとんど眠れなかったんだよ？
　それなのに、陽平はなんで平然としてられるの？
　……ムカつく。
　陽平に振りまわされっぱなしだなんて。
「はーっ」
　トイレに駆けこんだあたしは、鍵を閉めてドアに背中をくっつけた。
　胸に手を当てて鼓動を確かめる。
　考えないように努力したって、陽平の顔を見ると嫌でも昨日のことがよみがえってくる。
　目を閉じて、キスをしている陽平の顔。
　唇に触れるかすかな温もり。
　──ドキドキ

——ドキドキ
　心臓、めちゃくちゃ速いし……。
　なによ。
　なんでこんなにドキドキしてんの？
　ありえない。
　ありえないよ……。
「はぁ……」
　やだ、本当に。
「あー、もう!!」
　ありえない。
　認めない。
　陽平にドキドキしてるだなんて。
　これじゃあまるで、陽平のことを意識してるみたいじゃん。
　ありえないよ。
　あたしは怒ってるんだからねっ！
　——バンッ!!
　勢いよくドアを開けたあたしは、考えがまとまらないまま女子トイレを出た。
　だけどそこには。
「なんで逃げるんだよ？」
　ムッとした顔で立ち尽くしている陽平がいた。
　無造作に跳ねた明るい茶色の髪を、わしゃわしゃ掻きまわしている。
「ト、トイレの前で待ちぶせなんてしないでよっ！　じゃ、じゃあね、チャイム鳴るからっ」

気まずくて、顔を伏せながら前を通りすぎた。
「逃げるなよ」
「うるさい。話しかけてこないで」
　冷たく言いはなち、教室に向かって歩く。
　あんなことがあったから、普通になんてしていられない。
　それに、待ちぶせまでされていたことに、戸惑いを隠せなかった。
「昨日は……マジで悪かったよ。ごめん」
「…………」
「なんでもするから許して」
　あたしがシカトしているにも関わらず、陽平は追いかけてくる。
　うしろから一方的に謝ってくるけど、絶対許さない。
　一生許してやんないんだから！
「いい加減機嫌直せって？　な？」
「なんで……あんなことしたの？」
「……それは。つい」
「つい!?」
　その言葉に、思いっきり振りかえる。
　目が合うと、陽平は視線を左右に泳がせた。
　陽平は『つい』誰にでもキスできちゃうってこと？
「あ……いや。ついじゃなくて。俺、じつは……愛梨のことがす……っ」
「ゆ、許さない！」
「……っ」

お願いだから、これ以上惑わせないで。

今はまだ普通になんてできないから。

駆け足で教室に戻ったあたしは、周りをシャットアウトするように机に突っぷして目を閉じた。

それから何日か経ったある日の放課後。

日直の用事で帰るのが遅くなり、日が傾きはじめた頃だった。

「陽平く〜ん！」

靴箱のそばまで来たところで、女の子の声が聞こえて思わず足を止めた。

周りには生徒はほとんどおらず、部活をする生徒達の声がグラウンドから聞こえてくるだけ。

靴箱の間に身を潜（ひそ）め、思わず息を呑むあたし。

今、『陽平く〜ん』って言ったよね？

「誰か待ってるの？　一緒に帰ろうよ」

かわいらしい声が聞こえて、あたしはそっと靴箱の間から顔を覗かせた。

そこには、真顔の陽平にニコニコ笑いかけている女の子の姿が。

あ、あれは！

深田（ふかだ）、さん……？

同じクラスになったことはないけど、中学が同じだったから顔と名前は知っている。

深田さんはふわふわ系のかわいらしい子で、中学の時か

らマドンナ的存在でかなりモテていた。
　大きく潤んだ瞳に、八重歯が覗くかわいらしい口もと。
　透明感のある白いスベスベ肌がとてもきれいだ。
　成績優秀でスポーツ万能。
　おまけに明るくて、友達も多くて。
　優しそうなふんわりした雰囲気に癒されるし、欠点という欠点がなにひとつ見つからない。
　そんな深田さんが、陽平と仲がよかったなんてビックリだ。
「悪いけど、深田と一緒には帰れねーから」
「えー？　なんで？　いいじゃん」
「人を待ってんだよ」
「誰を待ってるの？」
「関係ねーだろ」
　ゴクリと唾を呑みこみ、息を潜める。
　一歩も引かない深田さんに、陽平はなんだか面倒くさそうな雰囲気をかもしだしている。
　す、すごいな。
　マドンナにあそこまで冷たく言えて、そのうえ誘いを断るなんて。
　なんだか出ていきにくい感じ。
　ど、どうしよう……。
　なんて思いながら隠れていると。
「バレバレなんだよ」
「えっ!?」
　陽平が足音もなくやってきて、あたしの目の前に姿を現

した。
　覗き見していたことを怒っているのか、不機嫌そうな表情を浮かべている。
　こうなったら隠れてるわけにもいかなくて、あたしは目を伏せて靴箱の間から出ていく。
　深田さんはあたしを見て、ビックリしたように目を見ひらいた。
「いや……あのっ！　けっして覗き見してたわけじゃなくて！　帰ろうと思ったら、たまたま……ね。あたしにおかまいなく、続けてくれていいから！　ごめんね、じゃあ……！」
　愛想笑いを浮かべてササッとローファーに履きかえると、急いで昇降口を出た。
　そして、グラウンドを横切って校門に向かう。
「待てよ」
　うしろから声が聞こえたかと思うと、陽平はあっという間にあたしの隣に並んだ。
「なに？　深田さんを置いてきちゃダメじゃん」
「べつに深田と約束なんかしてねーもん。愛梨を待ってたんだよ」
「えっ？　あたし？」
　待ってたって、なんで？
　最近は気まずくて、教室にいてもほとんど話すことはなかったのに。
　いきなりなんなの？

「ちょっと寄り道して帰ろうぜ」
　そう言って、スタスタ歩いていく陽平。
　よ、寄り道って……。
　どうして？
　っていうか、陽平はやっぱり普通なんだね。
　あたしとのキスなんて、もう忘れちゃった？
　いつまでも、こんなに意識してるのは、あたしだけなの？
「ほら、早くしろよ」
　なぜか命令口調で言われ、手まねきされる。
　一緒に帰るなんてひとことも言ってないのに。
　なんでもう決定事項みたいになってんの？
　ふと振りかえると、深田さんと目が合った。
　切なげに眉を寄せて悲しそうな顔をしている深田さんは、今にも泣きだしてしまいそう。
　──ズキッ
　なぜか胸が痛んだ。
　深田さんは陽平のことを……。
　だけど、すぐにパッと目をそらされたから、あたしも前を向く。
　数メートル進んだところでようやく陽平に追いつき、無言で隣に並んだ。
　陽平のことも気になるけど、さっきの深田さんも少し気がかり。
　そう思いながら、陽平の横顔をそっと見あげる。
　なにも考えてなさそうな無表情な顔だけど、じつはいろ

んなことを考えてたりするのかな。
　いや、考えてないか、陽平だもん。
　深田さんのこと、どう思ってるんだろう。
　キスのことだって……。
　あたしはまだ許したわけじゃない。
　どう思ってんの？
　ぎこちなさも残ってるし、わだかまりも解けたわけじゃない。
　だけど、陽平が普通にしているのを見てたら、気にしてることがバカバカしく思えてきた。
　これじゃ、いつまでも意地を張ってるあたしが悪いみたい。
「ま、待って」
　校門を出たところで、突然うしろから声が聞こえてきた。
　振りかえるとそこには息を切らした深田さんが、陽平の顔をまっすぐ見つめながら立っていて。
　潤んだ目が女の子っぽくてすごくかわいい。
「えと、あの……！　この前も言ったけど、あたし……陽平君のことを諦める気なんてないからっ！　好きだからっ」
　まっ赤になりながら必死に想いを伝える深田さん。
　よく見ると握りしめた拳がかすかに震えている。
　スベスベのまっ白い頬をほんのりピンク色に染めている姿はホントにかわいくて、女のあたしでも思わず見とれてしまう。
　やっぱり……深田さんは陽平が好きなんだ。
　そう思うと、なんだか胸がもやっとした。

「前にも言ったけど、深田と付き合う気はないから。ごめん」
「だけどっ、彼女はいないんだよねっ？ だったら、チャンスはまだあるってことでしょ？ あたし、諦めないよ」
　深田さんは涙目になりながら、泣かないように思いっきり唇を噛みしめている。
　それだけで、本気で陽平のことが好きなんだって伝わってきた。
　あんなに真剣にぶつかってこられたら、誰だって心が動かされるに決まってる。
　しかも、あんなにかわいい深田さんだから。
「ごめん。なにを言われても、俺の気持ちは変わらないから」
「あ、あたしだって！ そう簡単に諦めたりできないから。じゃあね……っ！」
　それだけ言うと、深田さんは走っていってしまった。
　うしろ姿までもがかわいくて、胸が締めつけられる。
　なんでだろう？
　モヤモヤする。
　陽平はモテるんだと、あらためて認識させられた。
　もしかして、まりあが前に見た告白現場って深田さんのことだったのかな？
　すっごくかわいい子だって言ってたもんね。
「……深田さん、陽平のことが相当好きなんだね」
「けど、俺は好きじゃねーし」

「……ふーん」
　でも、まだ諦めないみたいな言い方してたじゃん。
　そのうち、陽平の気が変わるってこともありえる。
　なんでかな。
　どんどん心の中にモヤモヤが広がっていく。
　視線を感じて隣を見ると、陽平が真剣な目であたしを見ていた。
　思わずドキッとして目をそらす。
　そわそわして落ちつかない。
　な、なに……!?
「愛梨はなんとも思わねーの？」
「えっ？　なにが？」
　なんともって……？
　首を傾げてみせると、なぜか軽くため息を吐かれた。
「もし俺が深田と付き合うって言っても……愛梨はなんとも思わない？」
　——ドクン
　つ、付き合う……？
　深田さんと。
　なんで、そんなこと聞くの？
　わけがわからない。
　聞かないでよ、そんなこと。
　あたしだって、わかんないよ。
　だけど。
　もしふたりが付き合ったらって考えると、胸の中がモヤ

モヤでいっぱいになった。
　ドス黒い液体が流れだして、どんどん侵食していくような、そんな感覚。
　変だよね。
　芹沢君やミーコの恋は応援してあげたくなったけど、深田さんのまっすぐな想いを知ってもそんな気にならないなんて。
　……どうして？
　深田さんとは、あんまり仲よくないから？
　ううん、それだったら芹沢君もそうだし。
　相手が……陽平だから？
　だからあたしは、深田さんのことを応援できないのかな。
　なんて性格が悪い女なんだろう。
「べつにいいんじゃない？　陽平が付き合いたいんだったら、そうすれば」
　決めるのは陽平なんだから、あたしがとやかく言う筋あいはない。
　胸がギュッと痛くなりながらも、結局あたしは意地を張ることしかできなかった。
　あーあ。
　かわいくないな、今のあたし。
　ホント……かわいくない。
「ふーん。あっそ」
　自分から聞いてきたくせに、陽平はムッとしながらそう言うと、それ以降口を閉ざしてしまった。

意地を張ってかわいくない言い方をしたあたしが悪いのは、承知の上なんだけど。
　怒ってるのはあたしだったのに、なんだか悪いことをした気になって罪悪感が込みあげてくる。
　もう少しかわいい言い方をすればよかったのかな。
　沈黙が気まずい。
　今までどんな話をしてきたっけ。
　こんなふうになる前は、もっと普通に接することができたのに。
　今は意識しちゃって全然ダメだ。
　かわいくない態度しか取れなくて、陽平を不機嫌にさせてばかり。
　素直になれないあたしが悪いってことはわかってる。
　だけど、思ってることを素直に言えるほどあたしはまっすぐじゃない。
「ちょっと寄り道して帰ろうぜ」
「えっ？」
　気まずい中、沈黙を破ったのは陽平だった。
　ここって、コンビニ……？
　立ちつくすあたしを気にも留めず、陽平はスタスタ歩いて中に入っていく。
　すぐそばの駐車場(ちゅうしゃじょう)には、ガラの悪い高校の男子生徒が数人たむろしていた。
　うわぁ、なんかやだな。
　派手に騒いでて、通行人がみんな迷惑してる。

それを横目に見ながら、陽平に続いてコンビニに入った。
「好きなの選べよ」
「え？」
　好きなの……って？
「この前のお詫(わ)び。これでも悪いと思ってるんだからな」
「えっ……？」
　お、お詫びって？
　キスのこと……？
「なんでも奢(おご)るから、それで許してほしい。ホントごめんな」
　素直に謝る陽平の姿が意外すぎて、胸につっかえていたものがスーッと消えていく。
　そっか。
　一応、気にしてくれてたんだ。
「し、仕方ないな」
　物で釣られるあたしもあたしだよね。
　完全に許すことはできないけど……。
　陽平とは前みたいな関係に戻りたいから、忘れるためのいいきっかけだと思ってチャラにしてあげよう。
　遠慮(えんりょ)という言葉を知らないあたしは、スナック菓子やらスイーツやらをたくさん選んでカゴに入れていく。
　こんなところで遠慮するほどかわいくないわけで、自分でもそれは承知している。
「そんだけの量をひとりで食う気か？」
　カゴに入っているスイーツのオンパレードを見て、陽平

にクスッと笑われた。
　なぜか、その笑顔にドキッとしているあたし。
「なわけないじゃん。明日、学校でまりあと食べるもん」
「ふーん。じゃあ、俺にも分けろよな」
「やだよ」
「ケチ」
　そう言いながらレジに向かって歩いていく陽平。
　そのあと、レジに並んでお会計をすませた陽平と一緒にコンビニを出た。
「きゃあ」
　その時、突然なにかが足に引っかかって思いっきりつまずいた。
　わ、ヤバッ。
　た、倒れるっ!!
　グラリと体が傾く中、足に力を入れて踏んばった。
　その結果、なんとか踏みとどまることに成功。
　だけど――。
「いってぇなぁ」
　だけど、すぐそばであきらかに不機嫌だとわかる声が聞こえた。
　おそるおそる顔を向けると、そこには駐車場にたむろしていたガラの悪い男子生徒が数人いて。
　口と鼻にピアスを開けた銀髪の男が、刺すような目で鋭くあたしをにらみつけていた。
　げ、最悪。

見るからにヤンキーだし、こわそうな雰囲気。
にらまれただけで、震えあがってしまう。
一気に恐怖が込みあげてきた。
「ご、ごめんなさい……」
あたしはガバッと頭を下げて、素直に謝った。
「つーか、足の骨が折れたんだけど」
え……。
あ、足の骨が折れた……？
ただ、つまずいただけで？
おそるおそる顔を上げる。
「どうしてくれんだよ!?」
眉を吊りあげて怒る男の声が響く中、あたしは顔を引きつらせたまま固まってしまった。
周りの男達はクスクス嫌味っぽく笑っているだけで、それを楽しんでいるかのよう。
「なぁ、どうしてくれんの？」
「…………」
そう言われても……。
「ごめんなさい……。ゆ、許してください……」
目の前に立つ銀髪の男から目が離せない。
恐怖に足がすくんだ。
とにかく許してくれるまで謝るしかない。
「ちゃんと謝っただろ？　変な言いがかりはやめろよ」
見かねた陽平が間に入ってきて、あたしの代わりに銀髪の男に言いかえしてくれた。

「あ!? なんだ、てめえは」
　血走った目を向ける男に、陽平は至って冷静沈着(ちんちゃく)。
「俺は足の骨が折れたんだぜ？　謝ってすむ問題じゃねーだろ！　どう責任取ってくれんだよ!?」
　うっ。
　ヤバい。
　この人、完璧にキレてる。
　あまりの迫力に、あたしは思わずあとずさってしまう。
　どうしよう……。
　すると、陽平があたしの手をギュッと握ってくれた。
「人間の骨がそんな簡単に折れるわけねーだろ？　これ以上言うなら、俺も黙ってねーけど？」
「クソガキが生意気言ってんじゃねーよ！　俺はその女と話してんだよ」
　銀髪の男は陽平の肩を思いっきり押して、ジリジリとあたしに歩みよってくる。
　陽平の手が離れた瞬間、一気に不安と恐怖が心を支配した。
　や、やだっ。
　ちょ、ちょっと待ってよ。
　っていうか、普通に歩いてんじゃん。
　足の骨が折れたんじゃなかったの？
「コイツ、よく見るとかわいいし。体で責任取ってもらおうか」
　恐怖で唇を噛みしめるあたしの耳に、衝撃的な言葉が届いた。

か、体って……？
不敵な笑みを浮かべて笑うその顔に、背筋がゾクッとした。
　——ガシッ
　腕を掴まれて引っぱられる。
　あまりの力強さに、痛くてあたしは顔を歪めた。
　ヒリヒリして、どんどん恐怖が増していく。
　やだ、こわいよ。
　助けてっ！
「汚い手で愛梨に触るな！」
「あ？　ガキが俺らに勝てると思ってんのか!?」
　涙でボヤける視界に陽平の姿が映った。
「汚い手を離せって言ってるんだよ」
　陽平は今までに見たことがないほど鋭い目つきで、目の前にいる銀髪男をにらみつけている。
　そして、あっさりとあたしの手を銀髪男から解放した。
　いたって冷静に見えるけど、その冷静さが逆にこわくて。
　いつもの陽平じゃないみたいだ。
　陽平は銀髪男からあたしの手を解放すると、ギュッと優しく握ってくれた。
　黒いオーラを放つ陽平から目が離せない。
　これだけの人数に囲まれているというのに、陽平は堂々としていて負けない自信があるように見えた。
　普段からは考えられない陽平の姿に、あたしの中で不安がどんどん大きくなっていく。
「よ、陽平……」

力なく名前を呼ぶと、陽平はあたしに一瞬だけ目を向けて、口もとを緩めて微笑んだ。
　その顔にドキッとして、鼓動が飛びはねる。
　な、なにこれ……。
　なんで。
　陽平にドキッとするなんて。
　……こんな状況で。
　それよりも……大丈夫なの？
「大丈夫だ。愛梨は絶対に俺が守ってやるから。危ないから、ちょっと離れとけ」
　泣きそうになるあたしの頭を優しく撫でると、陽平はあたしを自分から遠ざけるように背中を押して男たちから離した。
「愛梨に手ぇ出して、ただですむと思うなよ」
　陽平は、さっきよりも鋭く威圧的に怒声を響かせた。
　なんでだろう。
　歯の浮くようなセリフに、ドキドキしているあたしがいるのは。
　陽平は本物のヒーローのようで。
　いつもはイジワルなのに、今この瞬間だけはすごくカッコよく見えた。
「どっかで見たことあると思ったら……！　コイツ、あの、三浦陽平じゃん」
「マジかよ？　俺、コイツんちの道場で空手習ってた……」
「あ!?　誰だよ、三浦って。知らねーよ」

いきなり血相を変える銀髪男の仲間たち。
　銀髪男は面倒くさそうに返事をして、陽平をにらみつけている。
　だけど陽平は平然として、背が高いから銀髪男を上から見おろしていた。
「クソガキが。生意気言ったこと、後悔させてやるからな」
　銀髪の男が陽平に殴りかかろうとした瞬間、あたしは思わず目を閉じてしまった。
　こわい、こわいよ。
「うわっ、テメッ。離せコラッ」
　ざわめく周囲の声におそるおそる目を開けて様子をうかがう。
　そこには銀髪男の手をねじ伏せて、その体を壁に押しつけている陽平がいた。
　陽平はそのまま男のお腹に一発お見舞いする。
「うぐっ」
　男は呆気なくその場に崩れおち、お腹を押さえて悶えている。
　ほんの一瞬の陽平の行動に、その場にいた誰もが目を見はった。
　銀髪男の仲間たちは、誰も陽平に立ちむかおうとしない。
　中学の時、陽平は自分で強いって言ってたけど、ホントだったんだ。
「今度愛梨に手ぇ出したら、こんなもんじゃすまないからな」

冷静だけど低いその声は、あきらかに怒っていて。
　あたしはぼう然と立ち尽くしたまま動かなかった。
　陽平は銀髪男のそばにしゃがみこみ、冷静な眼差しを向けている。
「聞いてんのか？　二度と関わるなよ」
「く、くそッ」
　銀髪男が悔しそうにあたしをにらむ。
　あたしは怖くてとっさに目をそらした。
「おい、二度と愛梨に近づくんじゃねーって言ってんだよ」
　陽平はどんどん怒りをあらわにする。
　男は悔しそうに唇を噛みしめ、観念したような声を出した。
「誰がこんな女に手ぇ出すかよ」
「その言葉、忘れんなよ」
　陽平は銀髪男を一瞥すると、立ちあがってこっちに向かって歩いてくる。
　そして、すぐにあたしの腕を掴んだ。
「行くぞ」
　それだけ言って、あたしの返事も聞かずにスタスタと歩きだす。
　周りにいた仲間たちは、サッと道をあけて誰もが顔を強張らせていた。
「よ、陽平……」
　コンビニから住宅街に入ったところで、やっと恐怖から解放されたあたしは、震える声で名前を呼ぶ。
「ありがとう」

その言葉にピタッと足を止めた陽平は、横目でチラッとあたしを見た。
　とても心配そうな表情で、悔しそうに唇を噛みしめている。
「ごめんな、こわかっただろ？」
　あたしの腕を掴む陽平の手の力が強くなった。
　そして、そこでようやく気づいた。
　自分の手が震えていたことに。
　恐怖に怯える心を、陽平の手がギュッと包みこんでくれているようだ。
　それだけですごく安心する。
「だ、大丈夫だよ……！　陽平が守ってくれたから。本当にありがとう」
　心配させまいと、あたしは陽平の目を見てニコッと笑った。
「バカ、ムリして笑うなって。こんな時ぐらい、素直にこわかったって言えばいいんだよ」
　そう言って、陽平はまたあたしの手をギュッと握った。
　陽平の手は魔法の手みたい。
　温かくてポカポカしていて、さっきまでの恐怖がウソみたいに薄らいでいく。
　……知らなかった。
　陽平の手がこんなに温かくて、たくさんの優しさに溢れていたなんて。
　それに、こんなにも大きかったなんて。
「これからも、俺がお前を守ってやるから」
「え？」

「もう二度とこわい目には遭わせない」
　陽平はあたしの目を見ながらニカッと微笑む。
　優しい陽だまりのような笑顔。
　知らなかった……こんな顔もできるんだね。
　イジワルな顔しか見たことがなかったから。
「あ、ありがとう」
　なぜかドキドキしてしまい、とっさに目をそらした。
　気づくと震えも止まっていて、陽平に引っぱられるようにして歩いていたあたしは、恥ずかしさでいっぱいになった。
　だって、陽平と手を繋いで歩くだなんて。
　ありえないっていうか、ドキドキしすぎておかしくなりそう。
「あ、えっと！　もう、大丈夫だから……」
　斜め前を歩く陽平の横顔を見あげる。
　心なしか、陽平の顔が赤いような気がする。
　腕に全神経が集中しているみたいに熱くなって、繋がれている手に力が入った。
「え、あ……悪い。思わず繋いじまった」
「あ、ううん……！」
　気まずそうにあたしを見た陽平は、慌ててパッと手を離した。
　目を泳がせながらちらちらとあたしを見て、あきらかに動揺しているのがわかる。
「ぷっ」
　あまりの動揺っぷりに思わず笑みがこぼれた。

「な、なに笑ってんだよ?」
「陽平が動揺するなんてめずらしいからさ」
「はぁ? 動揺なんてしてねーし!」
　強気に言い返してくる陽平はいつもの陽平で。
「してたじゃん! ウソついてもムダだし」
「してねーよ!」
「またまたー!」
　そんな陽平を見てたら、あたしにもいつもの調子が戻ってきた。
「さっきは……ホントにありがとう」
「ぷっ」
「な、なに笑ってんの?」
　人がめずらしく素直にお礼を言ってんのに。
「めずらしく愛梨が素直だから、かわいいなと思って」
「は、はぁ?」
　か、かわいい!?
　陽平、頭大丈夫?
「あ、あたしだってね、素直にお礼くらい言えるんですー!」
「初めて聞いたけどな」
「そ、それは、今まで陽平に散々イジワルされてきたからだよ」
　フンッと鼻を鳴らす勢いで、思いっきりそっぽを向く。
「いつもの愛梨に戻ってきたな。よかった」
　ホッとしたように息を吐く陽平。
　それくらい、心配してくれたんだよね。

……ありがとう。
　守ってくれて、うれしかったよ。
　かなりカッコいいって思っちゃった。
　イジワルだけど優しくて、たまに男らしいところを見せてくれる陽平。
　陽平をカッコいいなんて思う日がくるとは思ってなかったけど、さっきの陽平はホントに見違えちゃった。
「なんか顔赤くね？」
「えっ!?　ないない、全然ないっ！」
「焦(あせ)ってんじゃん。怪(あや)しいな」
「あ、焦ってないし！」
「素直じゃねーな。ヨモギプリンやんねーぞ！」
「え？　ダメー！　っていうか、それ全部あたしのだからね！」
「俺が買ったんだろうが」
「それでも、あたしの！」
　懐かしいやり取りに、笑みが零(こぼ)れる。
　よかった。
　陽平とまた元の関係に戻ることができて。

ドキドキ

　それから1週間。
　6月に入って湿気が多くなり、ジメジメした嫌な空気が教室内に漂っていた。
　湿気が多いと、クセ毛のあたしの髪はうまくまとまってくれないから困る。
　今日もうまくまとまらなくて、髪に朝からかなりの時間を取られた。
　朝はなんとかまとまったものの、一向にスッキリしない天気のせいで、お昼休みに入った頃にはもとどおり。
　朝から頑張ったのに、ホント嫌になる。
　それと、もうひとつ……。
「お昼からは本当に眠くなるよね〜！」
「え？　あ、うん」
　お弁当を食べたあと、いつものようにまりあとのんびり教室で過ごしていた。
「どうしたの？　最近元気なくない？」
「うーん。そう、かなぁ？」
　そんなことはないはずだけど。
　原因があるとすれば——。
　ここ毎日、無意識に心が陽平を探している。
　姿を見るとドキドキして、途端に落ちつきをなくす心臓。
　ピンとアンテナを張ったみたいに、あたしの中のセン

サーは無意識に陽平に向いている。
　教卓の前で男子数人と戯れている陽平を、なぜか目でちらちら追ってしまっていた。
　そんな自分にホントに嫌気がさす。
　友達だったはずの陽平を、こんなにも意識してるなんて。
　あたし……本当にあの陽平とキスしちゃったんだよね？
　あの日チャラにしたはずだけど、なにごともなかったかのようにされるとそれはそれでなんか嫌だ。
　って、かなりワガママだな、あたし。
　忘れるって決めたはずなのに。
「好きなんでしょ？　陽平君のこと〜！」
「は、はぁ……!?　なんでそうなるの？　ありえないし」
　からかってくるまりあに、身振り手振りで必死に否定する。
　……ありえないよ。
「強がっちゃって〜！　知ってるんだからね、ちらちら見てること」
「……っ」
　ううっ。
「いい加減、素直になりなよ〜！」
　脇腹を肘で小突かれて、恥ずかしさで胸がいっぱいになる。
「す、素直になるもなにも、陽平なんてどうでもいいんだもんっ」
「またまた〜！　そんなんだと深田さんに奪われちゃうよ？」
「……っ」

まりあの言葉に、グッと声を詰まらせる。
　深田……さんか。
　たしかにね。
　彼女、すっごく頑張ってたし。
　諦めないって、言ってたもんね。
　心の中はモヤモヤが残ったまま晴れない。
　陽平が深田さんと付き合うことになっちゃったら、どうしよう。
　それは嫌だな。
　って、あたしったら。
　なんで深田さんのことを気にしてんの？
「べ、べつに陽平が誰と付き合おうと関係ないよ」
　そうだよ、関係ない。
　あたしがどうこう言う権利なんてないんだ。
　それに、イジワルな陽平だよ？
　今まで散々イジワルされてきたのに、その陽平を好きになるなんて絶対にない。
　助けてくれた時はカッコよく見えたけど、冷静に考えたらありえないよ。
　だけど……。
　モヤモヤするのはなんでだろう。
　陽平はあたしを守ってくれた。
『これからも守ってやる』って、優しい一面を垣間見ることもできて。
　あたしのために本気で怒ってくれた。

見たこともないほどの怒りを露わにして、だけどあたしには優しくて。
　あんな姿を見せられて、ドキドキしないはずがない。
「愛梨」
　──ドキッ!!
　あたしの心臓は陽平の声にだけ過敏に反応する。
　ドギマギして落ちつかなくなって、だんだん体中が熱くなっていくのがわかった。
　ダ、ダメだ。
　あからさまに視線を彷徨わせて、近づいてくる陽平から目をそらした。
「あ、あたしトイレに行きたいんだった！　昼休み終わっちゃうし、行ってくるね！」
「えっ？　ちょ、愛梨……!?」
　困惑するまりあを置いて、逃げるように教室を出た。
「待てよ」
　──グイッ
　教室を出たところで、腕を掴まれて引きとめられる。
　いつものように、廊下にはたくさんの女子が群がっていて、陽平をちら見しては頬を赤くしている子や、きゃあきゃあ騒ぐ黄色い声がそこら中に響いている。
　相変わらず……モテるんだ。
　この前まではなんとも思わなかったのに、頬を赤らめている女子を見ていると胸が張りさけそうで。
　黒いモヤモヤが心の中を埋めつくしていく。

なんだか、ムカついた。
　だけど、陽平はそんな女子たちには目もくれず、なんの反応も示さない。
　毎日のことだから、慣れてしまったんだろう。
「は、離して……！」
「なに怒ってんだよ？」
「べ、べつに怒ってなんか……」
「ウソつけ。機嫌わりーじゃん」
「そ、それは……っ」
　陽平が女子にモテモテだから。
　えっ？
　いや、なんでそんなことであたしが怒るの？
　これじゃあ、ヤキモチをやいてるみたいじゃん。
　たまらずに陽平の顔を見あげると、前髪の隙間からキリッとした瞳が覗いていた。
　整った顔立ちと掴まれた腕に、ドキドキが激しさを増していく。
　ねえ。
　あたしのこと、どう思ってるの……？
　友達じゃないんだよね……？
　それって……どういう意味で言ったの？
　あたしのことが……好き、なの？
「なに怒ってんのか知んねーけど、機嫌直せよ？　な？」
　そう言って陽平は、ぎこちなく微笑んだ。
　いつものイジワルな顔なんてひとつも見せずに、まるで

優しかったあの時みたい。
　そんなふうに言われちゃったら、あたしだって。
「……うん」
　素直に頷くしかなかった。
「それより……なんか用事だった？」
「あー、今日クレープ食って帰らねー？」
「え？　クレープ……？」
「あ、いやぁ。嫌なら……いいけど」
　照れたように頬を掻く陽平に、胸がドキッと高鳴った。
　やんちゃな風貌に似合わず、陽平は甘いものが大好き。
　そして、あたしも甘いものが大好き。
「ううん……嫌じゃないよ」
　たったそれだけのことに、頬が緩んでにやけちゃう。
　さっきまでモヤモヤしてたのに、そんな気持ちは一瞬で吹きとんでしまった。
　そこで気づいてしまった。
　陽平に翻弄されてるあたしがいることに。

　そのあとの授業はそわそわして落ちつかなくて、まったく身が入らなかった。
　放課後が待ちどおしくて仕方ない。
　前の席に座る陽平の背中に、ドキドキが止まらなかった。
　英語の先生の声が耳に入っては抜けていく。
　異国の言葉を流暢に話すそのさまは、多くの人の眠気を誘うようで。

うしろから教室内を見わたすと、頬杖をつきながら寝ている人が何人かいた。
　ぷっ。
　陽平も寝てるし。
　頭がカックンカックンと揺れていて、笑いが込みあげてくる。
　成績はよくも悪くもなく同じくらいで、陽平は中学の時はサッカー部に入ってたけど高校では部活に入っていない。
　隙があればお調子者のクラスの友達、坂上君とじゃれあったりふざけあったりして過ごしている。
　どうしよう。
　あたし……そんな陽平に、とてつもなく惹かれてる。
　理由はわからないけど、１ヶ月前までにはなかった感情が胸にあった。
　でも、変だよ。
　友達だったはずなのに、そんなに急に見方が変わるものなの？
　おかしいよね。
　自分で自分の感情がよくわからなくて、頭の中がパンクしそうだった。

　それから、さらに１週間が経った。
　あれからどこにいてもなにをしてても、陽平のことが頭の片隅から離れない。
　気づくとずっと目で追ってて、まりあにクスクス笑われ

ることも多くなった。
　ううん、違う。
　好きとかじゃない。
　これは……そんなんじゃない。
　陽平を好きになるとか、ありえない。
　そうやって予防線を張って、好きじゃないと言いきかせる毎日。
「陽平くん！　今日、調理実習でマドレーヌ作ったんだ〜！　よかったら食べない？」
　お昼休みに入ってすぐ、深田さんが男子と戯れている陽平のもとにやってきた。
　最近の深田さんはすごく大胆(だいたん)で、周りの目を気にせずにこうやって猛アタックを仕掛けている。
　その度に、あたしはモヤモヤして落ちつかなくなる。
　黒いモヤモヤが大きくなって、深田さんに嫌な感情を抱いてしまっている。
　あー。
　早く昼休み終わらないかな。
　こんな光景、見たくないんだけど。
　振られたというのに、めげるどころかまっすぐに向かっていってる深田さんの姿に、ものすごくイライラする。
　あーあたし、すごく嫌な子になってる。
　最低だよね。
　深田さんはなにも悪くないのに、そんなことを思ってしまう自分に自己嫌悪。

「うわ、うまそ〜！」
「俺も俺も！」
「ダメ〜！　陽平君専用で〜す」
　陽平がマドレーヌを受けとるのかが気になって、まりあと話しながらちらちら見てしまう。
　陽平は少し困ったような顔をしていた。
「悪い。俺、洋菓子系苦手だから」
　えっ？
「そうなんだ、知らなかった。じゃあ、なにが好きなの？」
「ん〜……とくにねーかな」
　困ったように頬を掻く陽平。
　周りの男子は「もったいねー！」とか、「あの深田さんからもらえるんだぞ？」なんてブーイングの嵐を送っている。
「じゃあ、お弁当作ってきてもいい？　それだったら食べてくれる？」
「いや、俺好き嫌い多いし」
「お願い……っ！　1回だけでいいから」
　深田さんは、意地でも陽平になにかを作ってあげたいらしい。
　みんなが見てるのに、ここまでできるのは本当にすごい。
「悪い。ムリ」
　そして、断る陽平も……すごいや。
　その反面、断ってくれてうれしいと思っているあたしは、本当に最低だ。
　嫌な奴だよね。

あたしの視線に気づいたのか、陽平と思いっきり目が合ってしまった。
　わ、やばっ。
　ドキッとして、とっさに目をそらす。
「も〜、愛梨ってば！　わかりやすすぎるから」
　まりあにクスクス笑われて、頬が赤く染まっていく。
「好きなんでしょ？　陽平君のこと」
「…………」
　好きじゃないもん……。
　そんなんじゃ、ないもん。
　陽平なんて。
　だけど、即答できない。
　きっと、まりあにはあたしの感情を全部見ぬかれてる。
「ほーんと、早く素直にならなきゃ深田さんに持ってかれるよ？　あんなに大胆にアタックされてたら、陽平君もいつかは落ちちゃうかもしれないし」
「…………」
　まりあの言葉がグサリと胸に突きささった。
　たしかに……あんなかわいい子に言われて、心が動かない人はいないと思う。
「気づいた時には、手遅れになってることだってあるんだからね？」
　まりあは、あたしにどうしろって言うんだろう。
　早く自分の気持ちに素直になれってこと？
　好きじゃないもん……好きじゃ。

あー、本当にあたしってかわいくない。
　自分でも嫌になるくらい。
「だって……あたしと陽平は友達だったんだよ？　それなのに、いきなり好きになるっておかしいじゃん」
「バカね。好きになるのに理由なんてないんだよ。気づいたら好きになってるもんなの」
「でも……友達を好きになるっておかしいし」
「愛梨の場合はさ、友達の期間が長かったから、これからも友達でいなきゃって思いこんでるだけなんじゃないの？」
「えっ？」
「昨日まで友達だと思ってた相手にドキドキするって、よくあることだよ？　ムリに友達でいる必要はないじゃん。自分の気持ちに素直になりなよ」
　まりあの言葉が胸に突きささる。
　あたしは陽平と友達でいたいから、自分の気持ちに予防線を張っていたのかな。
　本当は……。

　昼休みが終わる10分前、深田さんを振りきった陽平が席に戻ってきた。
　深田さんはトボトボと自分の教室へ戻っていく。
　それを見てクラスの男子は残念そうにしてたけど、あたしは正直ホッとしていた。
　よかったって。
　もう来ないでって。

そんなことを思ってしまった。
「ウソつき」
　思わずボソッと呟いた言葉に、陽平は振りかえって眉をひそめた。
　あたしの声が聞こえていたことにビックリし、目をそらそうとしたけどまっすぐ見つめられてそれができない。
「なにがだよ？」
「甘いもの、好きなくせに」
　なんでもらわなかったの？
　深田さんのマドレーヌ。
　お弁当だって。
　好き嫌いが多いなんて、ウソ。
「あ～……期待させたら悪いだろ？」
「…………」
　そうだね。
　正直でマジメなんだよ、陽平は。
　正義感が強くて、頑固者で、イジワルで。
　だけど優しくて。
　カッコよくて。
　人に期待を持たせたり、傷つけるようなことはしない。
　それが陽平だって知ってるから。
　一番ズルくて汚いのは、それを聞いてうれしいと思っちゃってるあたしだ。
　だって、陽平は深田さんと付き合う気がないってことでしょ？

期待させたら悪いって、そういうことなんだよね？
「愛梨がくれるものは、ちゃんと受けとるから」
「は、はぁ……!?」
　なっ……なに言ってんの？
　やめてよ。
　真顔でそんなことを言わないで。
　嫌でも期待してしまう。
　舞いあがっちゃう。
　ねぇ、それって……どういう意味？
　もうダメだ。
　あたし……。
　陽平が好き。
　まりあに言われて、ようやく素直に自分の気持ちを認めることができた。
「はは、まっ赤じゃん」
　……っ。
「う、うるさい！　誰が陽平なんかに」
　そう言って、プイとそっぽを向いた。
　かわいくない。
　自分でもそれはわかってる。
　頬が熱いということも。
　図星を指されて、素直になれないかわいくないあたし。
　好きだって気付いたけど、当然そんなことは言えなくて。
　あたしは深田さんみたいにかわいい女の子じゃないから、意地を張ることしかできない。

まさか、初恋がイジワルな陽平だなんて夢にも思わなかったんだもん。
「赤くなってるってことは……期待してもいいってこと？」
「……っ!?」
　なっ。
「…………」
　やめてよ。
　本当に。
　これ以上ドキドキさせないで。
　陽平がどういうつもりで言ってるのかはっきりさせたくなっちゃう。
　手作りのお菓子がほしいってこと？
　それとも……べつのなにか？
　こんな態度を取ってしまう自分も、心底かわいくないと思う。
　深田さんみたいに素直になれたら、どれだけいいんだろう。
　好きなのに。
　ううん、好きだからこそ素直になれない。
　強がっちゃう。
　今のこの関係が崩れたらって考えると、不安で不安でたまらない。
　だからこそあたしは、素直になれないのかもしれない。
「……なーんて、ありえねーよな」
　悲しそうな目であたしを見る陽平。
　――ズキン

胸が痛くて、後悔の気持ちで埋めつくされていく。
「お前には、好きな奴がいるもんな……」
「……え？」
　まさか……陽平が好きってバレた？
　いや、でも。
　そんな感じじゃない。
　寂しそうな笑顔だけを残して、陽平は前を向いてしまった。
　そんな顔をさせたかったわけじゃないのに、自分から話しかけることはできなかった。

　誤解は解けることなく、とくになんの進展もないまま、気づけば夏休みはもう目の前。
「はい、ちゅうもーく！　終業式の日に、みんなで花火をやろうと思いまーす！」
　ある日の放課後、クラスでもリーダー格の陽平の友達、坂上君が教卓の前に立って大きな声を出した。
　お調子者、能天気、明るいバカ。
　なんて言葉がピッタリ当てはまる坂上君。
　イタズラな笑顔を浮かべながら、夏休みが待ちきれないと言わんばかりの様子だ。
「参加者はクラスの奴なら誰でもオッケー！　参加したい奴は、それぞれ花火持参で７時に上の花公園に集合ってことでよろしく〜！　じゃあな！」
　言いたいことだけ言って、颯爽と教室をあとにする坂上君。
　そんな自由奔放なところが坂上君らしいというか、みん

なも慣れてるのか誰もなにも言わない。
　花火か。
　坂上君が企画したのならば、仲のいい陽平も当然来るよね。
　チャラい風貌の坂上君もひそかに人気があるし、陽平が来るとなれば当然女子の参加率も高くなるだろう。
　なにより、そういうイベントが大好きな陽平だし。
「愛梨、どうする？」
　肩にカバンをかけたまりあがあたしに尋ねてくる。
　あたしたちだけじゃなくて、周りの女子たちも目を輝かせながら「どうする？」なんて騒いでいた。
「うーん。どうしようかな」
　そういうイベントは大好きだけど、女子にキャーキャー言われてる陽平は見たくないっていうか。
　最近は女子と話してるところを見るだけでも、モヤモヤして嫌な気持ちになるから、正直迷う。
　でも、花火はしたいしなぁ。
　どうしようかな。
「え〜！　行こうよ、楽しそうだし」
「……うん。行こう、かな」
　まりあが行くなら、きっと楽しいよね。
「そういえば、まりあは芹沢君とどうなの？」
　いつもいつもまりあにからかわれてばかりだから、たまには仕返ししたい。
　秘密主義なのか、まりあのそういう話って聞いたことがない。

聞いても、なかなか教えてくれないし、はぐらかされてばかりだった。
「あ、あたしのことはいいでしょ！」
　まっ赤になって、あきらかに動揺しはじめるまりあ。
　あたしにだけそんなことを言っておいて、自分のことになったら途端にこうなんだもん。
　かわいいなぁ。
「いいじゃん！　教えてよ～！」
「や、やだよ」
「いいよ、芹沢君に聞くから～！」
「ダ、ダメだよっ！」
　動揺するまりあがかわいくて、ついついからかっちゃう。
　これはもう、いい感じに進展してるって捉えていいのかな。
　教室でも楽しそうに話してるところを見かけるし、悪い方向には進んでいないはず。
　芹沢君の恋を応援してたあたしとしては、まりあの反応が本当にうれしくて。
　ついつい顔がにやけちゃう。
「まりあは花火行く？」
　ウワサをすればなんとやら。
　芹沢君があたしたちのところにやってきた。
　相変わらず爽やかな王子様スマイルを浮かべていて、ふわりと優しく笑う顔に、まりあの頬がピンク色に染まっていくのがわかった。
　あは、かーわいい。

乙女だよね、まりあは。
　芹沢君も紳士的だし。
　やっぱり、ふたりはお似合いだなぁ。
「い、行くよ。晃君は？」
「まりあが行くなら俺も行こうかな。吉崎さんは？」
　名前で呼びあってるのを聞いて、微笑ましく思えた。
　なんだかうらやましい。
　こんな関係があたしの理想だな。
「吉崎さん？」
「あ、えっ……？」
　やばい、聞いてなかった。
「行くの？　花火」
「あ、うん！　まりあが行くから！」
「そっか。俺と同じ理由じゃん」
「まぁね！」
　あたしがそう言った時、あたしの前に座っていた陽平が立ちあがった。
　それを見た芹沢君が陽平に向かって声をかける。
「三浦は行くの？」
　──ドキッ
「え？　あー、まぁ」
　少しビックリしたような顔をしながら素っ気なく返事をする陽平。
　やっぱり陽平は、芹沢君のことが嫌いなんだろうか。
　これまでも、芹沢君と絡むところを見たことがないし。

話したのって、あの映画の時くらいなんじゃないかな。
　席も離れてるし、接点がないと言ったらそうかもしれないけど。
　でも、陽平はやっぱり芹沢君を敵対視しているような気がする。
「なんだよ、曖昧な返事だな」
　返事を濁した陽平に芹沢君は苦笑いした。

夜の公園で

そして迎えた終業式。
学校が終わってから家に帰り、ゴロゴロして時間を潰していた。
窓の外からは、うるさいほどにセミの声が聞こえてくる。
夏休み、か。
今年はどんな夏休みになるんだろう。
高校生になって初めての夏休み。
まりあやミーコとたくさん遊んで、楽しい夏休みにしたいな。
ふわぁ、ねむ。
ベッドにゴロンと横たわりながらそんなことを考えていたあたしは、落ちてくるまぶたに抗えなくて目を閉じた。

——コンコン
いつの間にか寝ていたあたしは、その音に目を覚ました。
「愛梨？ ——が迎えにきてるわよ！」
ハッ。
ドアをノックする音と、お母さんの声にビックリして意識を取りもどした。
「ん〜……っ」
「寝てたの？ 待ってもらってるんだから、早く用意しなさいね」

「はーい……っ」
　お母さんは呆れ顔を見せたあと、1階に下りていった。
　時計に目をやると7時15分前で、家を出ようと思っていた時間よりもずいぶん遅れてしまった。
「やば、寝すぎた」
　慌てて起きあがったあたしは、寝ぐせのついた髪を手ぐしで整え、用意していた私服に着替えた。
　やばい、遅れる〜！
　そして玄関を出た時。
「よう」
　夏の熱い熱気がこもる夕焼け空の下に、陽平が立っていた。
　えっ!?
　な、なんで……ここに陽平が？
「……っ」
「暗いし、危ないから迎えにきた」
　目を見開いたままでいると、頬を掻きながら陽平が一歩ずつ近寄ってくる。
　全身がオレンジ色に染まっていて、家の外壁に大きな影が伸びていた。
「ぷっ、寝ぐせついてんぞ？」
「え？　ウソ」
　わー、最悪。
　寝てたってバレバレじゃん。
　慌てて髪を手で整える。
　前までなら寝ぐせくらいなんとも思わなかったのに、今

は恥ずかしさでいっぱい。
「ははっ。そこじゃねーって」
　目の前にスッと影が落ちたかと思うと、髪の毛にそっと陽平の手が触れた。
　トクンと大きく鼓動が飛びはねる。
　夕焼け空で本当によかった。
　だって、顔がまっ赤なのがバレちゃうんだもん。
「よし。直った」
「あ、ホント？　ありがと……」
　──ドキンドキン
　やばい、意識しはじめちゃったらもう止まらない。
　陽平の顔がまともに見れないよ。
　どうしよう。
　迎えにきてくれたことがうれしくて、自然と頬が緩んじゃう。
　ドキドキして落ちつかない。
　あーもう！
　どうにかしろ!!　あたし！
「行こうぜ」
「う、うん」
　陽平が歩きだしたのを見て、あたしも小走りで隣に並んだ。
　夕陽に照らされた陽平の横顔は本当にカッコよくて。
　今まで知ってる陽平とは、まるで別人みたい。
　いつも見ていたはずの光景なのに、なんでだろう。
　好きだって意識しちゃったからかな？

今までと全然違う。
　陽平の隣が、こんなにも居心地いいなんて。
「花火買ってないだろ？　スーパー寄っていこうぜ」
「うん、だね」
　ニッコリ笑うと、陽平も同じように笑ってくれた。
　優しい微笑みに胸の奥がキュッと締めつけられる。
「そういえば、俺もうすぐ誕生日なんだけど」
「えっ？　あ、そうだね。なに？　プレゼントの催促？」
「バレたか」
「毎年あげてるじゃん」
「お菓子は誕生日プレゼントとは言わねーからな」
「もらえるだけマシでしょ？　文句言わないでよ」
　でもまぁ、さすがに今年はなにかべつの物をあげようかな。
　なにがいいかな？
　うむむ。
　なんて、真剣に悩む。
　公園に行く途中にあるスーパーに入って、花火コーナーを探した。
「うわー、いっぱいあるね！　迷うな〜！」
　どうしよう。
　こういうのを見ると、どうしてもテンションが上がっちゃうんだよね。
「やべーなー！」
　それはお祭り好きの陽平も一緒みたいで、子どもみたいに目を輝かせている。

「どれがいいかなー？　みんな、どんなの持ってくるんだろう。まりあに聞いておけばよかった〜！」
「ぷっ、お前、楽しそうだな」
「えっ？」
　ニコニコしながら品定めをしていると、隣からクスクス笑う声がした。
　うん、楽しいよ。
　こうやって陽平と並んで花火を選んで、笑いあうことができるから。
　一緒にいればいるほど、どんどん"好き"が大きくなっていく。
　恋をすると変わるっていうけど、ホントにそのとおりだよ。
「うお、花火の超人だって！　すごくね？　よし、俺はこれを買おう」
「えー、手持ち花火が入ってないじゃん。あたしは普通のを買うよ」
「はぁ？　手持ち花火なんて小学生かよ」
「うっわ、手持ち花火をバカにしたね？」
「してねーし！　大胆にドーンと打ち上げ花火だろ」
「それは勝手な陽平の意見でしょ」
「勝手じゃねーよ。願望だ」
「あはは、なにそれ」
　花火を選ぶと、今度は飲み物コーナーに向かった。
「陽平〜、ヨモギプリン奢って〜！」
「なんで俺が」

「あはは、冗談だよ」
　なんかね、こういうやりとりができるだけで幸せだなーって。
　楽しいなーって思う。
「意味わかんねーし。ヨモギプリン食いたいのかよ？」
「え？　まぁ、ちょっとだけね」
「仕方ねーな」
「えっ？　いいの？」
　本当に？
「愛梨が食いたいんなら」
　ニカッと笑うと、陽平は棚にあるヨモギプリンに手を伸ばした。
　あたしの好きなメーカーのプリンを覚えてくれていたことが、うれしくてうれしくて、胸の奥がくすぐったい。
「俺にもひと口分けろよな」
「えー、仕方ないなー。そんなに言うならひと口だけね」
「いやいや、買うのは俺だし」
「ケチケチしないの」
「いや、おかしいだろ」
　冗談を言いあって笑える今の関係がすごく心地いい。

　花火とプリンを買いこんで、陽平と他愛ない話をしながら上の花公園に向かった。
　学校から徒歩5分圏内にあるこの公園は、自然が多くてスポーツなんかもできちゃったりする大きな公園だ。

広場ではゴミを持ちかえることを条件に、花火をしていいことになっている。
　大勢で花火ができる場所といえばこの公園くらいで、学校から近いせいか、夜になると先生が見まわりにくるっていう話。
　騒がしくしてると注意されたり、時間が遅いと怒られるので、今のこの時間帯がベスト。
　夏の夜。
　7時といえばまだ辺りは、顔が見えるくらいに明るくて。
　公園に着くと、すでに来ていたクラスメイトたちがいくつかの輪になって談笑していた。
　ざっと20人くらいかな。
　それでもよく集まったほうだと思う。
　陽平が来たのを見て、チラチラこっちを見てくる女子が何人かいた。
　あたしたちを見つけた坂上君が、小走りでやってきて意味深にニッと笑う。
「相変わらず仲よし夫婦だな、お前らは」
　チャラチャラした外見のせいなのか、それともお調子者の坂上君の性格のせいなのか。
　その笑顔が憎たらしく見えるのはあたしだけ？
　言い返そうって気は起きなくて、呆れることしかできない。
　あたしはキッと坂上君をにらんだ。
　それでも坂上君は動じることなく、笑っている。

陽平もチャラチャラしてるけど、坂上君はもっとダラシない感じ。
　いつもヘラヘラしてるし。
　軽いというか。
　能天気すぎて、真剣に考えてんの？っていつも心配になる。
「変なこと言ってんじゃねーよ」
　陽平は坂上君に邪魔くさそうに返事をする。
　いつもじゃれあっているふたりは、性格は違えどかなり気が合うようだ。
「変なこと言ってないだろー。な、あいりん」
「あ、あいりん……？」
「あー、ごめんごめん。俺らの間で勝手にそう呼んでんの」
　坂上君はあたしにヘラリと笑った。
　あ、あいりんか。
　男子の間でそんなふうに呼ばれてたなんて。
　なんだか坂上君にそうやって呼ばれるのはやだな。
　なんとなくだけど。
「陽平はね〜、あいりんのことになるとすぐに目の色が変わってさ……ほら、あいりんに避けられてる時期があったでしょ？　あの時、相当ダメージ受けて……っ」
　──ドカッ
　言葉の途中で、陽平は坂上君に蹴りをいれた。
「いってー……っ！　なにすんだよ、テメー！　俺今、相当なダメージ食らったからな？」

「お前が余計なことを言うからだろ」
「いいだろ？　本当のことなんだし」
「黙れ」
「陽平、こわ～い！　助けて、あいりん」
　坂上君が冗談っぽく言って、あたしのうしろに隠れるマネをする。
　背が高いせいか完全には隠れていないけど、あたしの肩を持ちながら身を縮めようと必死。
　徐々にそのお調子者ぶりに慣れてきて、呆れはてて笑ってしまった。
　すると。
「触んなよ」
　あからさまに低くなった陽平の声。
　そして、あたしの肩を掴む坂上君の腕を取って、引きはがす。
「お～、こわっ。やっぱ、あいりんのことになるとすごいよな。愛されてるね、あいりん」
　そう言って、苦笑いをしながら肩をすくめる坂上君。
「マジで黙れって」
「お～こわ。よし、そろそろみんな集まったよな？　始めるか」
　周囲を見わたして、坂上君は突然話題を変えた。
　自由奔放というか、天真爛漫(てんしんらんまん)というか。
　無邪気というか。
　坂上君と一緒にいたら、振りまわされっぱなしなんだろ

うな。
　だけど底抜けに明るくていつも笑ってるから、楽しそうな気もする。
　だからこそ、陽平と一緒にいられるんだと思う。
　うん、きっと根はいい人なんだろう。
　そう思うことにしよう。
「集合ー！」
　輪の中心に移動した坂上君は、みんなに向かってそう叫ぶ。
「お前も」
「いたっ」
　突然頭に乗せられた手のひらに、ビックリして思わず目を見ひらく。
　痛くはなかったけど、とっさに口からそう出てしまった。
「簡単に触られてんじゃねーよ」
　――ドキッ
「それと、うれしそうにしてんじゃねーよ」
　え……？
　うれしそうに？
「し、してないし」
　ムスッと口を結びながら不貞腐れる陽平を見て、胸がキュンとなった。
　もしかして、妬いてる……？
　なんて、そんなありえない考えが浮かぶ。
「ほかの男に、隙見せるなよ、バカ愛梨」
「ちょ、やめてよ」

髪を掻きまわされて、陽平を反射的ににらんだ。
　だけど陽平はムスッとしたままで、髪をぐちゃぐちゃにするだけしてあたしから離れて歩いていく。
　もう！
　……バカ。
　そういうことを言われたら、嫌でも期待しちゃうじゃん。
　あたしのことが、好きなのかなって……。
　そんな、ありえないことを思っちゃう。
「行くぞ」
「あ、うん」
　手ぐしで髪を整えていると、陽平がくるりと振り返った。
　もうムスッとはしていないみたいだけど、いつものイジワルな笑顔もない。
「あーいり」
　語尾にハートマークでも付きそうなほどウキウキな感じで、まりあが駆けよってきた。
　ニヤッと意味深に笑っている。
「わー、私服じゃん。なんか新鮮だね」
　まりあの私服は、デニムのミニスカートにＴシャツっていうラフな感じだったけど、スタイルがいいせいかすごくオシャレに着こなしている。
　一段とかわいくて、男子たちの視線を釘づけにしていた。
「ねー！　それより、陽平君と一緒に来たの？」
　さっきの光景を見ていたのか、まりあはニンマリしながら聞いてきた。

「あ〜、うん。まぁね」
「そっかそっか！　よかった〜！　とりあえずうまくいってるんだね」
　まりあはあたしを見てホッとしたように笑う。
「ずっと思ってたけど、やっぱり陽平君が好きなんでしょ？」
　肘でツンツンと脇腹を突きながら、まりあは優しく微笑んでいる。
　言わなくても、すべてをわかっているようだった。
「うん……好き、みたい」
　ううん、みたいじゃなくて。
　……好き。
　すごく。
　大好き。
　自然と陽平の姿を目で追う。
　陽平は坂上君やほかの男子たちに、さっき買った花火を自慢気に見せていた。
　バカみたいにうれしそうに笑っちゃってさ。
「愛梨、かわいい〜！　ついに友達の殻を破ったってわけか！　応援するからね」
「ま、まりあ……く、苦しいっ」
　キツくギューッと抱きしめられて、まりあより小さなあたしは苦しくなった。
　まりあの背中をバンバン叩くと、少しだけ腕の力が緩んで、あたしは大きく息を吸いこむ。
「愛梨、本当にかわいいんだもん」

「…………」
　ううん。
　あたし、全然かわいくないよ。
　素直になれなくて、いつも強がってばっかりだもん。
　陽平のことが好きなのに、強がって女の子らしくない態度ばかり取っちゃう。
「ぷっ、なに抱きしめあってんの？」
　まりあの肩越しに見えたのは、優しく笑う芹沢君。
「いいでしょ〜？　あたし達、ラブラブなの〜！」
　まりあは芹沢君の声に振り返って、微笑んでみせた。
「うらやましいね。俺も混ざっていい？」
「ダメダメー！　男子禁制！」
「今だけ女子になるから」
　冗談っぽく言う芹沢君は、まりあのことがそうとう好きみたい。
　好き好きオーラが滲(にじ)みでてるもん。
「あたしたちの間には誰も入れないよね〜、愛梨」
「ね〜！」
「あ、でも違うか。愛梨には陽平君が……」
「わー!!　やーめーてー！」
　慌ててまりあの口を手で塞いだ。
　な、なにを言うの？
　芹沢君の前で。
　バレちゃうじゃん！
「おーい、お前ら！　早く集まれって！」

きゃあきゃあ言いあっていると、陽平が遠くからあたしたちを呼んだ。
　どうやら花火が始まるみたい。
　それぞれ買ってきた花火を手に、みんなが集まっている。
「今行く〜！」
「よーし。じゃあ始めるか！　まぁ、とりあえずハメを外しすぎないように……各自持ってきた花火を開けて。いくぞー！」
　坂上君の声を合図に、仲がいい者同士が集まって各自花火を開けはじめる。
　日はすっかり暮れて、今は街灯の明かりだけが頼りだった。
　そんな中、きゃあきゃあとみんなが盛りあがる声が聞こえてくる。
　楽しい楽しい夏休みの幕開けだ。
「なになに、あいりんも俺らと花火がしたいって？　仕方ないな、混ぜてやるよ！　西澤も。あ、芹沢も」
　ぼんやりしていると、地面にしゃがみこんで花火をバラしていた坂上君があたしの顔を見あげてニッと笑った。
　意味深にウインクまでしてきて、なにかよからぬことを企んでいそうな顔。
「じゃあ、早速開けるか」
　芹沢君は坂上君の隣にしゃがむと、花火を開けはじめた。
　もうすっかり一緒にする気でいるみたい。
「だね！　ほら、愛梨も一緒に」
　まりあもその気だったみたいで、あたしも手にしていた

花火を開けようと袋から取りだした。
　大盛りのパックを買ったから、みんなが楽しめる量は十分ある。
　まりあも同じく手持ち花火を買ってきていて、坂上君は陽平と同じく打ち上げ花火のみ。
　芹沢君は両方入ってる物を買ってて、優しい性格が出てるなぁとしみじみ実感。
　どれから始めようかな？
「わー、きれい」
　周りからそんな歓声が上がり、明るい火花を散らすほうを見る。
　そこには色鮮やかに打ちあがる花火がきれいに輝いていた。
　みんな自分が持ってきた花火を開けるのも忘れて、次々に打ちあがる大型花火に釘づけ。
「次、ナイアガラの滝ね」
　うわ、きれい。
　あたしは、手を止めて夢中で花火を見つめていた。
「ぷっ。愛梨の顔、ウケるんだけど」
　気配を感じて隣を見れば、花火に照らされた陽平のイジワルな笑顔があった。
　夜だからなのか、それとも雰囲気のせいか。
　すごく色っぽくて、ドキドキが加速していく。
　右隣だけが異様に熱いけど、それは夏のせいなんかじゃない。

「な、ウケるって……!?　失礼な!」
　こうやってムキになって言いかえすのは、単なる照れ隠し。
　陽平に話しかけられて、ホントはすごくうれしいくせに。
　それからも、しばらく大型花火が続いた。
　陽平と並んで花火を見る。
　何気にまとまりがあるうちのクラスは、花火に火をつける人、ゴミをまとめる人、盛りあげる人。
　役割を決めなくても、それぞれが動いてうまく進めていく。
　だからこそ盛りあがって楽しいんだ。
　それぞれで楽しむつもりだったけど、いつの間にか大きな輪になってひとつの花火で盛りあがっていた。
　坂上君は盛りあげる役。
　普段なら陽平もそこに混ざっているけど、今はあたしの隣にいる。
　芹沢君とまりあは花火を見つつ、ゴミを集めて回っていた。
　あたしはその中でも、見ているだけの人。
「うわっ、お前!　マジやめろって!」
「あちっ!　おい、こっちに向けるなよ!」
「はは!　やれやれ〜!」
　いつも陽平のグループにいる男子のひとりが、ふざけながら大型花火を手に持って人に向けている。
　周りの男子は焦って逃げまわっているけど、花火を手にしている男子は完全にフザけモードに入ってる。
「ちょ……やめたほうが」
　さすがにそれはちょっと危ない。

だけど。
　止めに入ったら巻き添えを食うかもしれないという思いから、だれも近づこうとはしない。
　みんな自分に危害が及ばないように、遠巻きに見て楽しそうに笑っていた。
　ううん、むしろもっとやれっていう感じで煽(あお)ってる。
　ねぇ、誰も止めないの？
　花火って、思った以上に熱いし危ないんだよ？
　小さい頃に花火で火傷(やけど)をしたことがあるから、ふざけているのを見ていると不安になる。
　さすがにまわりの女子たちも、みんな心配そうな表情を浮かべている。
　こういう時、いつも止めに入ってくれるのはクラスのまとめ役でもある芹沢君。
　だけど、彼はバケツに水を汲(く)みに行くとかでこの場にいなかった。
　その時。
　大きな背中が、花火を振りまわす男子に近づいていくのが見えた。
　──ドキッ
　無造作にセットされた茶色い髪が風になびく。
　まっすぐ向かっていく背中を、息つく間もなく見つめていた。
　そのうしろ姿が誰なのか、ひと目でわかる。
　大好きな、大好きな──。

さっきまであたしの隣にいた、陽平の背中だったから。
「やめろって。さすがにそれはハメを外しすぎだろ」
　陽平は悪ふざけする男子の手を持って、花火を地面に向かっておろさせる。
　花火はそこで終わり、明るかった場が一気にまっ暗になった。
「いいだろ〜、夏休みなんだし。楽しめればそれでよくね？固いこと言うなよ〜」
　反省のカケラもなく、その男子は手にしていた花火をポイと投げすてた。
　そして性懲（しょうこ）りもなく、次はロケット花火に手を伸ばす。
「お前なぁ、それで誰かがケガでもしたらどうするんだよ？ 楽しいのが台なしだろーが！」
「大丈夫だって。これでも、ケガしない程度に加減してんだから」
　真剣な陽平の言葉に、その男子はまったく耳を貸そうとしない。
　それどころか、着火剤をカチッとやって次のロケット花火に火を灯している。
「おい、いい加減に……」
　──ヒューン
　その瞬間、ロケット花火が打ちあがって夜の闇（やみ）に消えた。
　やがてそれは威力（いりょく）を失って、地面にポトッと落ちる。
「危ないだろ？　当たったらどうすんだよ」
「当たんねーように上に向けただろ？　せっかく楽しんで

んのに、邪魔するんじゃねーよ」
　その男子は陽平の腕を振りはらって、さらに次のロケット花火に火をつける。
「そうだぞ、陽平！　邪魔すんなよー」
　坂上君は楽しそうにまくしたててるひとり。
　少しは危機感というものを持ってほしい。
　――ヒューン
　――ヒューン
　ロケット花火は、次々に上に向かって飛んでいく。
　男子の一部はふざけあって笑ってるけど、女子はみんな心配そうな面持ちをしている。
　ホ、ホントに大丈夫なのかな……。
「手に持ってると火傷するだろ。地面に刺せよ……」
　陽平はさらに止めに入った。
「いいだろ。人に向けて飛ばしてねーんだから」
「それでも、当たったらどうすんだよ」
　少しムッとしたように、男子の腕を掴んで止めようとする。
「お、おいっ！　やめろって……あ」
　焦ったような男子の声が聞こえたその時――。
　――ヒューン
　手もとが狂ったのか、ロケット花火は上ではなくあたしのほうに向かって飛んできた。
　考えてる暇もないほど、どんどんこっちに向かってやってくる。
　えっ？

ええっ!?
このままだと当たるじゃん!
「きゃー!」
「危ないっ!」
周りの女子は、ロケット花火を見て叫びながら逃げまわっている。
テンパったあたしは右往左往(うおうさおう)するだけで、ロケット花火から目が離せない。
「愛梨! 逃げろ!」
「ええっ!? ム、ムリ〜!」
そ、そんなこと言われたって、急には動けないよ。
鈍臭(どんくさ)いあたしは、完全に逃げおくれてしまった。
——ヒュン
その時、すぐそこまで迫っていた花火が頬をかすめた。
「……っ!」
一瞬だけだったけどピリッとした鋭い痛みが走って、あたしは頬を押さえてうずくまった。
「ちょっと男子! いい加減にしなよっ!」
しびれを切らしたまりあの声が響きわたる。
まりあのこんな声を聞いたのは初めてで、相当怒っているようだ。
「愛梨ちゃん、大丈夫?」
そばにいた女子が心配そうに声をかけてくれる。
「う、うん、なんとか……」
「愛梨!」

「……あ、ありがと」
　わー。
　あたし……バカ？
　こんなの、冗談に決まってるのに。
　いちいち本気にしてたら、身が持たないよ。
　冗談でもその言葉がうれしくて、自分でも単純だなって思うくらいすぐに頬が熱くなる。
　バカだな、こんなひとことで天にも昇る気持ちになるなんて。
　単純だな、あたし。
「照れてんだ？」
「は、はぁ……？　な、なんであたしが!?　そんなわけないでしょ！」
　クスクス笑う陽平にあたふたした。
　やっぱりあたしは、素直になれない。
　焦ったら、強がりだってバレバレなのに意地を張ってしまう。
　かわいくなりたいのに。
「だよな〜！　愛梨が俺に照れるわけねーよな。お前は俺のこと、ただの友達としか思ってないもんな？」
　──ドクン
　冗談っぽく笑っている陽平の瞳は、なぜかとても悲しげで。
　苦しいくらい胸が締めつけられる。
　陽平は……あたしを友達だと思ってないんでしょ？
　だったら……なに？

友達だと思ったことはないって言われたあの日の言葉の意味が、いまだにわからないんだ。
　ここであたしが好きだと言えば、未来はなにか変わるのかな？
「あ、あたし……」
「わかってるよ」
　えっ？
　そう言った陽平の顔は、どことなく傷ついているようだった。
　真剣な面持ちに、喉もとまで出かかった言葉が激しい痛みを伴って、胸にストンと落ちる。
「聞かなくても、愛梨の気持ちはわかってるから。だから、これからも友達な」
　友達……。
「あ……うん」
　そう言い切られてしまい、あたしは自分の気持ちを伝える術を失ってしまった。
　胸が苦しい。
　ねぇ……本当はあたしのこと、どう思ってるの？
　期待しちゃダメ？
　陽平の優しさに、カン違いしちゃいそうになる。
　優しくされる度に期待する気持ちも膨らむんだよ。
「よっしゃ。花火するか！　ほら、火つけてやるよ」
「……うん」
　明るく笑う陽平に向かって花火を差しだす。

知らなかった。
　恋って、苦しい。
　陽平の言葉や仕草に一喜一憂(いっきいちゆう)して、振りまわされて、傷ついて。
　ささいなことに気分が上がったり下がったり。
　こんなに左右されやすいだなんて、ダメだよね。
「愛梨？」
「えっ……？」
　わ、あたしったら。
　花火を持ったままぼんやりしちゃってた。
　隣から陽平に顔を覗きこまれてドキッとした。
「西澤と芹沢……いい感じだよな」
「え？　うん、そうだね」
　あのふたりが付き合うのは時間の問題かもね。
　急激に仲よくなってるし、まりあも芹沢君のことを意識しているっぽいし。
「つらくねーの？」
　なぜだかわからないけど、陽平の目は悲しげに揺れていた。
　ん……つらい？
「なんで？」
　わけがわからなくて首を傾げる。
「好きなんだろ？　芹沢のこと」
「そんなわけないでしょ」
　もしかして、誤解してる？
「強がるなって」

眉を下げて笑う陽平。
　違うのに、何回そう言っても「強がるなって」と聞きいれてくれなかった。
　違うのに。
　本当に違うのに。
　あたしが好きなのは陽平なのに。
「ほら、火つけてやる」
「あ、ありがと」
　それからぎこちないまま、あたし達は花火をした。
　でも、心の底からは楽しめなくて。
　あきらかに変わってしまった空気に、複雑な気持ちが込みあげる。
　違うって言ってるのに、どう言ったら信じてもらえるのかな。
　悲しいな。

　しばらくしてみんなのところに戻ると、まりあやほかの女子が心配そうに駆けよってきてくれた。
　大丈夫そうなあたしを見て、安心したように笑ってくれる。
　そのあと、あたしと陽平は花火の輪には混ざらず、ふたりでベンチに腰かけた。
「あ、そうだ！　プリン……」
　ずっと袋の中に入れっぱなしにしていたことを忘れてた。
「まだ大丈夫だよね？　食べれるよね？」
　溶けてないよね？

せっかく陽平に買ってもらったのに。
「大丈夫だろ。そんなに時間経ってねーし」
　袋の中からプリンを取りだす。
　うーん。
　生ぬるいけど、たぶん大丈夫かな。
　夜だしね。
「食うんだ？」
「家まで持ちそうにないしね」
　今食べなきゃ、溶けちゃうかもしれないじゃん。
　陽平が買ってくれたプリンを、ムダにするわけにはいかない。
　緑色のフタを開けると、ヨモギの香りがほのかに漂ってきた。
　そうそう！
　これこれ。
　めちゃくちゃおいしいんだ、このヨモギプリン。
　ミーコとまりあは微妙(びみょう)だって言うけど、あたしの家族もみんなこれが大好き。
　そして……陽平もヨモギプリンのファン。
　使いすてスプーンを持ち、薄緑色をしたプリンをすくって口に運んだ。
「うーん、おいしい！」
　やっぱりヨモギプリンは最高だね。
　これに勝るプリンは、ほかにはないよ。
「ぷっ」

幸せを噛みしめながらプリンを味わっていると、陽平が
バカにしたように笑った。
　——ムッ
　失礼な奴め。
「うまそうに食うよな。愛梨はいつも」
「だって、おいしいんだもん」
　おいしいものをおいしいって言いながら食べて、なにが
悪いの？
　そう思って開きなおった。
「スネるなって。愛梨の食いっぷり、俺は好きだし」
「……っ」
　す、好きって。
　べつにそういう意味じゃないよね。
　わかってるけど、意識してしまう。
「もーらい」
「ちょ……っ」
　プリンをすくって口に運ぼうとしたあたしの手を取り、
陽平はそれを自分の口に入れた。
「やば、うまっ」
「……っ」
　知らないでしょ？
　今、あたしがすっごくドキドキしてること。
　間接キスだ！
　なんて、バカなことを考えてちょっとうれしくなったこと。
　リンゴみたいに、顔がまっ赤になっていることを。

余裕たっぷりでなんでもない顔をする陽平は、たかが間接キスでなにも感じたりはしないよね。
　あたしだって、陽平のことをなんとも思ってない時はそうだった。
　間接キスなんて、今まで普通にしてたことだもんね。
　はぁ。
　なんだかなー。
　どうすればいいのかな。
　友達から好きな人に変わって、気持ちの変化が追いつかない。
「傷、痛くないか？」
　さっきと同じように心配顔を見せる陽平は、そっと手を伸ばして頰の傷に触れた。
　——ドキッ
　優しく慈(いつく)しむように、愛でるように撫でる陽平の指にくすぐったさを感じる。
「う、ん……大丈夫」
「そっか。ならよかった」
　ねぇ、もしケガをしたのがあたしじゃなくても。
　同じように傷に触れた……？

プレゼントと涙

　花火から２週間が経った。
　ただ今、夏休みまっ只中(ただなか)。
　８月に入って、うっとおしいくらいの暑さに毎日毎日嫌気がさしているところ。
「あー暑い……っ」
「おねーちゃん！」
　──バンッ
　勢いよく開けられたドアにビックリして、ベッドに横になっていた体がビクッとなった。
「こ、光太〜……ビックリさせないでよ」
　本気で心臓が止まるかと思った。
「あ、ごめん」
　ニカーッとかわいらしく笑う光太を見て、胸に愛しい気持ちが溢れだす。
「どうしたの？　なにか用？」
「うん！　お客さんだよ。おねーちゃんの好きなミーコちゃん」
　えっ!?
　ミーコ？
　階段を駆けおりてリビングへ向かう。
　どうしたんだろう、ミーコが連絡もなしにうちに来るなんて。

リビングに入るとお母さんはいなくて、ダイニングテーブルのイスにミーコが座っていた。
「あ、愛梨～！」
　あたしを見るなり、ミーコは立ちあがって助けを求めるように、腕にすがりついてきた。
「ど、どうしたの？」
　あたしの腕をギューッと握って、かわいらしく染まるピンク色の頬。
「なんかあった？」
「う、うん。実は……青田君にデートに誘われちゃって」
「えー？　おめでとう～！　よかったじゃん！」
　自分のことのようにうれしくて、自然と顔が綻ぶ。
　そっかそっか。
　デートか。
　いいな。
「う、うん……！　もううれしくて。この喜びを誰かに伝えたかったの」
　ミーコは顔をまっ赤にして必死になって、幸せそうに笑ってる。
　かわいい。
　恋をすると、みんなこんな顔で笑うんだね。
　青田君からのお誘いを受けて、バスケ部のマネージャーをしているミーコ。
　緩いバスケ部だから適度に休みがあるらしく、夏休みに入ってからよく家に来ていた。

青田君の話をするミーコがかわいくて、いつかミーコの気持ちが届くことを心から祈ってる。
「でね、青田君その日が誕生日らしくて。プレゼント買いに行くの、付き合ってくれない？」
　遠慮がちにミーコが口を開いた。
「もちろんだよ」
　ミーコの頼みなら、なんだって聞くもんね。
　っていうか、自分の誕生日にデートに誘うなんて。
　青田君もやるよなぁ。
　これはもう完璧、脈ありじゃん。
「もうすぐ陽平も誕生日だし、愛梨もプレゼント買っちゃえば？」
「えっ？」
　たしかにもうすぐ陽平の誕生日だ。
　プレゼント……か。
　ちゃんとした物がほしいって言ってたし。
「たまにはまともな物をあげたら？　いつもはお菓子だったでしょ？　喜ぶと思うけどな」
「……うん」
　そうだよね。
　よし、今年はプレゼントを渡そう。
　うん。
「お、決まったみたいだね」
　なんてからかわれて、ニコッと顔を覗きこまれる。
　ううっ。

なんだか気はずかしい。
「うん、頑張って選んでみる」
「そうこなくっちゃ」
　ニンマリ笑うミーコに、恥ずかしさが込みあげてくる。
　はっきり言ったわけじゃないけど、ミーコは絶対にあたしの気持ちに気づいているはず。
「よし、こうなったら善は急げだよ！　気が変わる前に、プレゼント買いに行こう」
「う、うん」
　なんだかプレゼントを買いに行くだけで緊張するな。
　でも、ミーコがいてくれてよかった。
　ひとりだったら、あげるかあげまいか、迷っていたと思うから。
　背中を押してくれたミーコに感謝だよ。
　陽平、喜んでくれるかな……？
　なにがほしいんだろう。

　あたしたちは自転車で汗だくになりながら、隣町にある大きなショッピングモールに向かった。
　夏の日差しは容赦なくて、アスファルトからユラユラ陽炎が揺らめいている。
　汗がこめかみを伝い、背中にもたくさんかいた。
　夏ってどうしてこんなに暑いんだろう。
　嫌になっちゃうよー。
「やっと着いたねー。あー、暑い〜」

「早く涼もう！」
　自転車を停めて中に入る。
　クーラーの冷気が、火照った体を優しく包みこんでくれた。
「あー涼しい〜」
「生き返る〜」
「どこから回る？」
「うーん……あ！　青田君バスケしてるし、それに関連のある物が売ってるとこがいい！」
「うん。ならスポーツ関連のお店に行ってみる？」
「うん！」
　あたし達は３階にあるスポーツ専門店に移動した。
　そしてミーコはタオルとリストバンドを買った。
　そのあと、アクセサリー売り場に移動して、何気なくケースの中を見てまわった。
　迷いながらもあたしは、ミーコに相談しつつピアスを選んだ。
　陽平は高校生になってからピアスの穴を開けたし、ちょっと大人っぽい物をあげたかったから。
　小さな輪っかの、シンプルだけどオシャレなピアス。
　ひと目見て陽平にピッタリだと思ったんだ。
　付き合ってもいないのに、ピアスなんて引かれるんじゃないかと思ったけど。
『いいのいいの！　高価な物じゃないんだから！』
　っていうミーコの言葉に背中を押されて、買うことを決めた。

喜んでくれるかな……？
　渡す時、すっごく緊張するな。
　だって、今からドキドキしてるんだもん。
　っていうか、いつ渡そう？
　家に押しかける？
　いや、そんな勇気はないよ。
「あー、疲れたー！　ちょっと休憩(きゅうけい)しよう」
「うん！　喉(かわ)渇いたね」
　ミーコの提案に、ふたりでフードコートを目指した。
　そして、ちょうどエスカレーターに乗った時だった。
　ふと振り返ったあたしの目に、見覚えのあるうしろ姿が映ったのは。
「えっ？　陽平？」
　明るいブラウンのふわふわの髪と、大きくて広い背中。
　背丈や雰囲気も陽平そのもの。
「えっ？　どこどこ？」
「あそこ」
「ホントだ」
　なに、してるんだろう？
　陽平はさっきまであたしたちがいたフロアから、エスカレーターに背を向けて遠ざかっていく。
　ダボッとしたジーンズに白のポロシャツ姿。
　エスカレーターで上がっていくあたし達には、まったく気づかない。
「話しかけてくれば？」

「い、いいよ！　誰かと来てるのかもしれないし」
「えー、いいじゃん！　ついでにソレ、渡してきなよ～！」
「ま、まだ誕生日も来てないのに渡せないよ」
　そんなやりとりをしていたその時。
　──ドクッ
　陽平のもとへ駆けよる人を見て、心臓が大きく音を立てた。
　小走りで陽平に近づいたのは深田さんだった。
　ほんのりピンク色に染まる頬と潤んだ瞳。
　花柄のかわいらしいワンピースを着てニッコリ笑う深田さんは、女の子らしくてすごくオシャレ。
　なんで陽平と深田さんが……？
　きっと、偶然(ぐうぜん)だよ……。
　うん、たぶんそう。
　絶対……そう。
　顔は見えないけど、陽平はきっと、これまでみたいに困った顔をしているに違いない。
　そっけなくうまくかわして、深田さんを突きはなすはず。
　だけどあたしの願望とは裏腹に、ふたりは並んで歩きだした。
　それを見て胸が張りさけそうなほど締めつけられる。
　苦しくて苦しくて。
　なん、で……？
　どうして……？
　待ち合わせ、してたの……？
　それとも、一緒に来たの？

ウソだと信じたいけど、頭が混乱している。
なんで？
そんな疑問ばかりが頭を埋めつくす。
答えなんてわかるわけがないのに、気になって仕方ない。
なにあれ。
なにあれ……。
なに、あれ。
ふたりが並んで歩いているなんて。
「デート、かな……？」
　ポツリとつぶやく。
　だって、どう見てもそうとしか思えなかった。
「さぁ……どうだろ」
　気まずそうに言葉を濁したミーコは、あたしと同じようにポカンとしている。
「でもほら、なにか理由があるんじゃない？」
　そんな慰めも意味はなくて、ふたりのうしろ姿が頭から離れない。
　──ズキン
　胸が痛いよ。

　3日後。
　あれからずっと、陽平と深田さんのことが頭から離れずにいた。
　思い出す度に胸が痛くて苦しい。

「愛梨？　ボーッとして、どうしたの？」
「えっ？」
　あ……。
　いっけない。
　目の前でご飯を食べるお母さんの声にハッとした。
　気づくとお茶碗片手に手が止まってしまっている。
「なんでもないよ」
　そう言ってご飯を口に運ぶ。
　正直、味なんてしなかった。
「おねーちゃん、エビフライひとつちょうだい」
　手つかずのあたしのお皿を見て、光太がニッコリ笑う。
「いいよ……はい」
「えっ……？　いいの？」
　目をまん丸く見ひらく光太。
　普段なら『ダメー！』って言うところだから、ビックリしているんだろう。
「いいよ」
「ど、どうしたんだ？　なにか悩みごとでもあるのか？」
「そうよ、信じられないわ。愛梨が光太におかずをあげるなんて」
　えっ……？
　お母さんもお父さんも、かなり心配そうな目であたしを見ている。
　いやいや……！
　なんかあたし、ガッツリ食べる子って思われてる？

実際そうなんだけどさ。
そんなにビックリしなくてもよくない？
あたしにだって、食べたくない時くらいあるんだよ。
心配性なお父さんは「病院に行くか？」なんて言って焦りはじめた。
「だ、大丈夫だよ！　昼間にお菓子を食べすぎちゃっただけだから。ごちそうさま」
これ以上ここにいると余計に心配されそうだったから、あたしは急いで自分の部屋に戻った。

女の子らしくなくて、いたってシンプルなあたしの部屋。
ガラステーブルの前に腰を落としてスマホを手にした。
誰からも連絡はなし、か。
あれから、陽平からの連絡を期待しているあたしがいる。
深田さんとのことを聞いてみようかとも思ったけど、なにかあると言われてしまったら立ちなおれなくなりそうだったからやめた。
はぁ。
ため息ばかりで嫌になる。
実はちょっとだけ自惚れていたかも。
猛アタックをする深田さんに、陽平は困ったような顔をしていたから。
あたしの中で、陽平と深田さんが付き合うことはないって勝手に思ってた。
陽平は深田さんを好きにはならないって。

バカだ。
　あんなに真剣に気持ちをぶつけられたら、誰だって心が動くのに。
　そうだよ、深田さんはかわいいもん。
　あれだけ積極的にされたら、惚れちゃうのもムリはない。
　一生懸命気持ちをぶつけられて、嫌になる人はいないはず。
　一生懸命な深田さんを見て、心が突き動かされたんだ。
　そう考えるのが妥当なのかも。
　だけど……嫌だよ。
　誰にも取られたくない。
　でも、どうすればいいのかわからない。
　胸の奥が激しく疼く。
　痛くて苦しくて、どうにかなってしまいそうだった。
　ギュッと目を閉じて、膝の上に額を乗せてうずくまる。
　胸が痛くて仕方ないけど、どうすることもできなくて。
　ただ、ジッとしていることしかできなかった。

　３日後。
「も〜！　聞いてみなきゃわかんないじゃん！　せっかく買ったのに、渡さないっておかしくない？」
「そうだよ、絶対違うって！」
　激しく落ちこむあたしを、ミーコとまりあが励ましてくれる。
　ここは学校の近くにあるファーストフード店。
　ミーコからのお誘いで、こうして昼間から３人で話しこ

んで数時間。
　ひとりで抱えられなくなって、あたしはすべてを打ちあけた。
　もうすぐ夕方になろうとしている。
「でも、もし付き合ってたら……」
「その時はその時だよ。好きなんでしょ？　だったら、愛梨も素直になりなって。プレゼントを渡して告白すればいいじゃん」
　ううっ。
　ミーコはなんでも簡単に言ってくれるんだから。
　告白しろだなんて、ムリに決まってる。
「あたしも応援してるからさ！　せっかくプレゼントまで買ったんだから、渡さなきゃもったいないよ」
「…………」
　まりあにキッパリ言いきられてしまい、返す言葉が見つからない。
　もう、告白するしかないのかな。
　自分の気持ちを伝えるのはかなり勇気がいるし、振られたらどうしようってそんなことばっかり頭に浮かぶ。
　今になって、積極的にアタックしてた深田さんを尊敬するよ。
　すごいよね、断られても、あんなに立ちむかえるなんて。
　あたしはムリだ。
　振られたら、きっとショックで立ちなおれない。
　結局いくら３人でウダウダ言ってても、なんの解決にも

ならないないわけで。
　余計気になってモヤモヤするだけだった。
　やっぱり本人に確認するしかないよね。
　それで、ついでに気持ちを伝えろってふたりに言われた。
　告白するって、気持ちを伝えるって、すっごく勇気がいる。
　そんな度胸もなきゃ根性もない今のあたしは、ただの臆病者だ。
　ホント、情けないよね。
　好きなのに……。
「ほらー、暗い顔してないでっ！　善は急げってことで、今から陽平君の家に行こう！」
「えっ!?　い、今から……？　ム、ムリムリ」
　絶対ムリ!!
　絶対やだ!!
「ならいつ行くの？」
　まりあにジロリと見られた。
「今でしょ！」
　ミーコまでもがまりあのノリに合わせている。

　そして、あたしはなかば強引に陽平の家の前まで連れてこられた。
「じゃあうちらは退散するから、あとはひとりで頑張ってね！」
「えっ？」
　待ってよ。

「一緒にいてくれるんじゃないの？」
　すがるような目でふたりを見ていると。
「なに言ってるの！　ここはひとりで戦うべきでしょ！　うちらがいたら邪魔だもん」
「頑張ってね」
　えっ？
　えー！
　ひとりでとか、絶対ムリなんですけど！
　なんて心の叫びがふたりに届くはずもなく、どんどん遠ざかっていく背中をポカンと見つめることしかできない。
　ど、どうしよう……。
　本当に。
　どうしたらいいんだろう。
　ひとりになると、途端に不安が押しよせてきた。
　住宅街の中、陽平の家の前で立ちつくす。
　不審者に思われてないかな。
　さっきから、通り過ぎる人に変な目で見られているような気がする。
　絶対、怪しいよね。
　インターフォンを押そうかどうしようか、ドアの前で迷っていると……。
　──ガチャ
　……!?
　げっ！
　やばっ！

いきなり玄関のドアが開いて、中から陽平が出てきた。
　無造作にセットされた茶色の髪が、陽に透けてすごくきれい。
「えっ？　愛梨!?　なんで……ここに？」
「あ、いや……っ！　これは……っその」
　ビックリしすぎて、うろたえまくるあたし。
　陽平は眉を寄せて怪訝な顔をしている。
　うわー、あきらかに変に思われてる。
　そりゃそうだよね、家の前に立ってるなんて。
　普通はしないよ、そんなこと。
　う、うまくごまかさないと!!
「えっと、あのっ……。あ、そう！　偶然！　偶然通りかかったの！　それで……陽平いるかな〜って！」
　焦りまくりのあたしは、しどろもどろになりながらなんとかうまくごまかした。
「はは、怪しすぎるだろ！　いきなり立ってるから、マジでビビった」
「ご、ごめん」
　納得してくれたのか、陽平はそんなあたしを見てケラケラ笑っている。
　いつものイジワルな笑顔。
　だけど嫌な気持ちになることはなくて、今はその笑顔に胸が締めつけられて苦しい。
　好きっていう気持ちが、どんどん大きくなっていく。
「あ、どっか行くの？」

ジャージじゃなくて私服姿の陽平に問いかける。
「あー……うん。ちょっと」
　あからさまに言葉を濁した陽平は、気まずそうに目を伏せた。
　なにかあるって丸わかりだし、かなり怪しい雰囲気。
　ズキッと胸が痛む。
　まさか……深田さんとデート、とか？
　あたしに言えないこと？
　なんて嫌な考えが浮かんだ。
　女の勘っていうか。
　なんとなくだけど、こういう時の悪い予感って大体当たるんだよね。
「そっか。一緒に行ったらダメ？」
「あー……悪い。男ばっかだし。また連絡するから」
「そっか。わかった」
　申しわけなさそうな顔であたしに断ると、陽平は逃げるように行ってしまった。
　男ばっかだし……か。
　ねぇ陽平、ウソだって丸わかりだよ。
　だって陽平は、ウソをつく時人の目を見ないから。
　あからさまに挙動不審になるから、ウソだってすぐにわかった。
　本当は違うんだよね。
　ウソ、なんだね。
　深田さんと会うの……？

ウソまでついて。
それなら、ちゃんと言ってくれたほうがよかったのに。
結局、聞きたいことはなにも聞けなかった。
言えないことも言えなくて、さらに自己嫌悪に陥る。
なにやってんだ、あたし。
……はぁ。
「ただいま……」
　暗い気持ちのまま玄関のドアを開けると、キッチンからお母さんがパタパタと小走りでやってきた。
「おかえり、ちょうどよかった！　光太が風邪引いて熱を出しちゃって……。悪いけど、ゼリー買ってきてくれない？」
　お母さんが困った顔であたしを見る。
「え？　光太、大丈夫なの？　病院は？」
「さっき行ったんだけど、夏風邪だって。帰りに買ってこようかと思ったんだけど、あまりにもぐったりしてるからどこにも寄れなくて。ゼリーなら食べれるって言うから、お願いできない？」
「わかった、行ってくるよ」
　かわいい光太のためだもんね。
　光太、大丈夫かな。
　体は小さいけど、元気だけが取り柄の光太。
　よーし、光太の好きなりんごゼリーを買ってきてあげよう。
コンビニには売ってないから、スーパーまで行かなきゃならない。

陽平と花火を買ったスーパーまで来たあたしは、デザートが置いてある棚を目指した。
　夕方だからか、お惣菜が割引きになってたり、主婦や学生たちで結構混雑している。
「あった、これこれ」
　光太が好きなりんごゼリーと、あたしはヨモギプリン。
　お母さんにお許しをもらったから、自分のデザートも持ってレジへ向かう。
　お会計をすませて、スーパーを出た時。
　……!?
　道路を挟んだ向かい側の歩道に、陽平の姿を見つけた。
　えっ……?
　あれ、は。
　深田、さん……?
　陽平は笑顔を浮かべながら、深田さんと並んで歩いていた。
　ズキズキと痛む胸。
　やっぱり……。
　深田さんと会ってたんだ?
　男子ばっかりだって言ってたくせに。
　ウソつき。
　ウソつき!
　ウソ、つき……!
　胸が痛くてどうしようもない。
　これ以上陽平の楽しそうな顔を見ていたくなかったあたしは、ダッシュで家まで帰った。

大急ぎで帰ったあたしは、お母さんにゼリーを渡して自分の部屋に駆けこんだ。
　さっきの光景が頭から離れない。
　しまいには涙がじわっと滲んでくる。
　やっぱり……付き合ってるの？
　ふたりとも笑ってたし、すごくいい雰囲気だった。
　苦しくて苦しくて。
　胸が張りさけそう。
　陽平はやっぱり深田さんのことが……好き、なんだよね？
　だから、笑ってたんだよね？
　ふたりで歩いてたんだよね？
　頭の中や胸の中がぐちゃぐちゃで。
　付き合っているのかどうかが、どうしようもなく気になった。
　だけど陽平に聞くことなんかできなくて。
　毎日毎日、頭の中で悪い方向に想像しては落ちこんでしまう。
　あの時……。
　あの花火の日に素直になっていれば、なにかが違ってた？
　どうしてあの時、ちゃんと言わなかったんだろう。
　今さら後悔しても遅いのに、そう思わずにはいられない。

「吉崎さん？」
　夏休みも残すところ１週間を切ったある日のことだった。
　暑さに耐えられなくてコンビニにアイスを買いに行った

帰り道、偶然出くわした深田さんに声をかけられた。
「ど、どうも」
　深田さんもひとりだったみたいで、あたしを見るなりニッコリと微笑んだ。
　なんか、やだな。
　今は会いたくなかった。
　幸せそうに笑う顔を見て、心の中がモヤモヤする。
「今ね、塾の帰りなの。少し話せない？」
　笑顔を崩さずに、深田さんは言う。
　夏なのに日焼けしてなくて、透きとおるようなまっ白な肌がまぶしい。
　オシャレでかわいくて、髪の毛の1本1本までがきれいに手入れされている。
　あたしだってそれなりにオシャレはしているけど、天然のかわいさを持つ深田さんにはやっぱり負けてしまう。
「いきなりごめんね？　吉崎さんとは前から話してみたいと思ってたの」
　悪意とか敵意なんてものは一切見うけられず、ウワサどおりの素直でいい子なんだと思った。
　いい子。
　あたしなんかとは全然違う。
　断ることもできずに、深田さんについて公園にやってきた。
　あたしたちの間には、かなり気まずい空気が流れている。
　公園の中にはすべり台やブランコやジャングルジムがあって、子ども連れのお母さんが数人いた。

木陰に入ると、前を歩いていた深田さんがゆっくり振りむいた。
「あの……陽平君のことなんだけど」
　深田さんの顔は真剣そのもの。
　なんとなく聞かれるだろうなって予想はしてたから、べつに驚きはしない。
　あたしと深田さんを繋ぐものって、陽平ぐらいしかないし。
「吉崎さんは、好きじゃないんだよね？」
　──ッ
　なんで、そんなことを……？
「ごめんね、なんか気になっちゃって。吉崎さん、陽平君と仲よしだし……。どうなんだろうって」
　深田さんは今にも泣きだしてしまいそうなほど、悲しそうに顔を歪めている。
　そして、気まずそうに目を伏せてとうとううつむいてしまった。
　陽平と付き合ってるから、仲のいいあたしに対して不安になったってこと……？
　それとも、ただ聞きたかっただけ？
「好きじゃ、ないよ」
　ホントのことなんて言えなくて、あたしはとっさにウソをついた。
「ふ、深田さんは……その、陽平と……つ、付き合って……」
「うん、付き合ってるよ……！」
　──ズキン

ほんのりピンク色に染まる頬と真剣な瞳。
陽平を想って不安になる姿。
その、全部がかわいい。
そっか。
やっぱり、そうだったんだ。
胸が痛くて痛くて仕方ない。
苦しい。
切ない。
わかっていたのに、予想していたのに、なんでこんなにショックを受けるの。
あたしはなにも言えなかった。
自分の本音を、まっすぐな深田さんに言えるはずがなかった。
陽平の幸せそうなあの笑顔は、深田さんを好きになったからだったんだ。
疑惑が1本の線で繋がった。
「あ、あたしたちはただの友達だし……深田さんが不安になるようなことなんてないから」
笑ったけど、本当に笑えているのかどうかはわからない。
ただ、本当の気持ちを見ぬかれたくなくて必死だった。
「そっか、安心した。ごめんね、変なこと言って」
そう言われて、泣きそうになった。
あたし、バカだ。
本当に。
大バカだ。

深田さんがもっと、嫌な子だったらよかったのに。
　いい子だから、敵わないって思っちゃった。
　陽平が好きになるのもムリはないって。
　お似合いだって。
　バカ……だよね。
　なんで今になって……。
「用事があるからあたしはこれで。バイバイ」
　その後は、深田さんの返事を聞かずにダッシュで帰ってしまった。
　ずっとずっと、胸が痛くて。
　走っている途中で涙がじわじわ浮かんで、腕でゴシゴシ拭った。

やつ当たり

　新学期。
「おはよう、愛梨」
　相変わらずかわいいまりあが、隣の席でニッコリ笑う。
「おはよう」
　あたしは複雑な気持ちで今日の日を迎えた。
「あいりん、おはよう」
「あー、うん。おはよう」
　前の席にいる陽平とは目を合わせずに、坂上君に向かって微笑む。
　だけど刺すような視線を感じた。
「おい、ムシすんなよな。バカ愛梨」
「し、してないからっ！」
「ウソつけ、わざと俺を見ないようにしただろーが」
「そりゃ、朝から陽平の顔なんて見たくないからね」
　あー。
　やっぱりあたしは陽平の前では素直になれない。
　ドキドキしてるくせに、ホントは会えてうれしいくせに。
　深田さんのことが頭をよぎって、胸が苦しい。
「愛梨のくせに生意気」
「ちょ、ちょっと！　やめてよ！」
　大きな手で髪を掻きまわされ、思わずイスから立ちあがった。

こんなにドキドキして、でも胸が張りさけそうなくらい痛くて。
　必死に普通に振るまってるのに、それをぶち壊しにするようなことをしないでよ。
　ダメなんだって。
　まだ、なにもなかったように、普通にはできないの。
　落ちつけ、落ちつくんだ。
　あたしの心臓。
　陽平にドキドキしちゃダメ。
　陽平には深田さんがいる。
　こんなこと、陽平はなんとも思わずにしてるんだから。
「ん」
「え？　なに？」
　急に手をあたしに向けて差しだしてきた陽平は、ニッと笑いながらなにやら催促してくる。
　なによ、この手は。
「誕生日プレゼントくれ」
「は、はぁ？」
「お前、絶対俺の誕生日忘れてただろ？」
　ムッとする陽平。
　その手はずっと、あたしに向けられたまま。
　忘れてないよ。
　忘れるはずないじゃん。
　陽平の誕生日はずっとそわそわして落ちつかなくて、買ったピアスを渡しにいこうかどうしようか本気で迷って

たんだから。
　だけど、結局渡しにいくことはできなくて。
　彼女である深田さんの顔が頭に浮かんで、ピアスなんて身に着ける物を買ってしまった自分がどうしようもなく恥ずかしくなったんだ。
「忘れてたバツとして、お詫びになんかくれよな」
「な、なんであたしが！　あげるわけないでしょ！」
　こんなことが言いたいわけじゃないのに、かわいくない言葉ばかりがついつい出てしまう。
「愛梨〜、ホントのこと言っちゃえば？」
　しまいには、やり取りを見ていたまりあに呆れ顔を向けられてしまった。
「なんだよ、ホントのことって」
　陽平が突っこんでくる。
　──ギクッ
「な、なんでもないっ！　陽平には関係ないことだから！ちょっと来て、まりあ」
　まりあを立たせると、慌てて教室を出た。
　廊下を突きすすんでひと気のない場所までやってきた。
「も〜！　変なこと言わないでよね。焦るじゃん！」
　バレたくないんだ、本当はプレゼントを買ってたってこと。
　だって、バカみたいじゃん。
　情けないじゃん。
　恥ずかしいじゃん。
　痛い、奴じゃん。

彼女が……いるのに。
喜んでもらえるはずがないってわかってるのに……。
拳に力が入って、思わずギュッと握りしめた。
「なんで？　愛梨は意地を張りすぎだよ！　あれじゃ、陽平君も傷つく……」
「まりあには！」
大きな声を出したあたしに、まりあの体がビクッと震えた。
「あたしの気持ちなんてわかんないよ！」
芹沢君と順調にいっているまりあには、あたしの気持ちなんてわからない。
わかるはずない。
こんなに苦しくて、つらくて……。
胸が痛くなる気持ちは、まりあにはわからない。
それなのに、陽平の肩ばかり持つまりあが嫌だった。
わかるよ。
意地を張ってるのはあたしだって。
素直にならなきゃいけないって。
わかってるけど、それができないの。
それができたら苦労はしない。
素直になれないから苦しくてつらい。
深田さんみたいに女の子らしく、かわいくなれたらどれだけいいか。
人はね、そんな簡単に変われるものじゃないんだよ。
「なんでも持ってて……苦労なんかしたことのないまりあには、あたしの気持ちは絶対にわからない」

「…………」
　黙りこんだまりあから目をそらして、その場から走りさった。
　なんとなく気まずくて、教室には戻らずに階段を駆けあがる。
　わかってる。
　まりあは悪くない。
　本当のことを言われて、ひがんでいるのはあたしだ。
　そう……ただのやつ当たり。
　だけど、まりあは。
　まりあにだけは、あたしの味方でいてほしかった。
　あたしの気持ちをわかってほしかった。
　ワガママかな、あたし。
　心が狭い奴かな。
　最低、だよね……。
　大好きなまりあを傷つけちゃうなんて。
「はぁはぁ」
　猛ダッシュでやってきたのは屋上のドアの前。
　鍵がかかっているから屋上には入れないけど、ひとりきりになりたかった。
「はは、最低……」
　なにやってんだろう。
　なにがしたいんだろう。
　意地を張って、強がって。
　素直になれなくて、やつ当たりした結果がこれ。

なんて、バカなんだろう。
あたしだって、本当は深田さんやまりあみたいに素直になりたい。
かわいくなりたい。
でもね、そう思えば思うほど余計に素直になれなくて、自分が惨めに思えてくるんだ。
深田さんに対して、ものすごく劣等感(れっとうかん)を抱いている。
ズルくて、醜くて、最低なあたし。
ホントはそんな自分が嫌で仕方ないのに、どうすればいいかわからない。
頭の中でぐるぐる迷走するだけで、どう行動すればいいのか……。
わからないんだ。
チャイムが鳴ったけど、動けずにずっとその場にいた。
なんだかもう、どうでもいい。
疲れた。
夏休み中は陽平と深田さんのことばかり考えすぎて、頭がパンクするんじゃないかってほどだった。
胸が痛くて、苦しくて。
毎日毎日、つらかった。
階段に座りこんだまま、体を折りまげて目を閉じた。
きっと始業式は始まってる。
HR(ホームルーム)が始まって、宿題とか提出して、明日の予定とか先生が話しちゃったりしてて。
でも今戻る勇気は、あたしにはない。

もうホント、どうにでもなれ。
なにも考えたくない。
いろんなこと、今までのことも、これからのことも。

放課後になったのを見はからって、トボトボ教室に戻った。
廊下や教室には静けさが漂っている。
——ガラッ
ドアを開けて中に入ると、教室にはもう誰もいなかった。
……帰ろう。
宿題とか出しそびれちゃったから、職員室に寄っていかなくちゃ。
「愛梨」
机の横にかけたカバンを持った瞬間、聞きおぼえのある声が背後からしてビクッとした。
振り返るとそこには、ドアに持たれかかるようにして立っている陽平の姿があった。
な、なに？
「帰ったんじゃなかったの？」
っていうか、あたしなんかを待ってる場合じゃないでしょ？
深田さんは？
って、こんなふうに思っちゃうあたしはホントにかわいくない。
「戻ってこないから、心配になって」
そっか。

だよね。
　そういう奴だよね、陽平は。
　誰にでも優しいんだ。
　でもね、その優しさは、今の私にとっては苦しいだけだよ。
「大丈夫だから……先帰っていいよ。じゃあね」
　カバンを肩にかけて、陽平の横を通りすぎようとした。
　その瞬間。
「待てよ、一緒に帰ろうぜ」
　腕を掴まれて引きとめられる。
　ドキッとして、思わず陽平の顔を見あげた。
「なんで？　あたしなんかに構ってるヒマはないでしょ？　それに……用事があるし」
"じゃあ"
　そう言って、陽平の腕を振りはらおうとしたけど。
「はぁ？　なんだよ、それ。わけわかんねーこと言うなって！　ほら、行くぞ」
「ちょ、離してよ……」
「ムリだし」
　な、なんで……!?
　深田さんと帰るんじゃないの？
「なんであたしなの？」
　彼女放っておいたらダメじゃん。
「なんでって……！　それは……つまり、そのっ、アレだよ」

「アレって?」
　首を傾げながら陽平の目を見つめる。
　陽平の行動が、本当にわからない。
　深田さんがいるくせに。
　それに、気のせいかな。
　顔がほんのり赤くなっているような気がする。
　そんなわけないよね。
「だから、す……」
　うろたえながら、視線を右往左往させる陽平。
「す……?」
「す、す……」
　返事を待ったけど、陽平はうろたえたまま、顔を強張らせているだけ。
　だから、なに?
　す……って?
　酢?
「ほ、ほら!　アレだよ!　し、心配だからだよ!!　前みたいに不良に絡まれたらやばいだろ?　お前、ドジだしな」
　えっ……?
　な、なにそれ。
「だ、大丈夫だしっ!　コンビニの前を通らないようにして帰るもん」
　ドジで絡まれやすいからって。
　なにその理由。
　大きなお世話。

ひどい奴。
　ううん、優しいのかな……？
　不良に絡まれたらって、今でも心配してくれるんだから。
　陽平の優しさを知るたびにつらくなる。
　だからもうこれ以上、陽平のいいところを知りたくない。
　これ以上好きになりたくないんだよ。
　胸が苦しいから。
　もう、つらすぎるから。
　陽平は、深田さんだけを大事にしてればいいの。
「大丈夫だし！　陽平は、大切にしなきゃいけない子がいるでしょ？　じゃあね！」
「ちょ、おい……！」
　陽平が止めるのも聞かずに、思いっきり腕を振りはらって走りだした。
　もうこれ以上一緒にいたくない。
　抑えた気持ちが溢れでちゃうから。

『今日はごめんね』
　その日の夜。
　寝ようと思ってベッドに入ると、まりあからメールがきた。
　ごめんねって……。
　謝るのはあたしのほうだよ。
　それなのにまりあは謝ってくれた。
　ごめんね。
　……ごめんなさい。

あたし、すごく嫌な子になってる。
まりあは全然悪くないのに。
鼻の奥がツンとして、一気に視界がボヤける。
このままじゃダメだ。
いてもたってもいられなくなって、ガバッと起きあがって電話をかけた。
——プルルルル
——プルルルルル
——ガチャ
「……もしもし、愛梨？」
　数回コールが鳴ったあと、遠慮がちなまりあの声が聞こえてきた。
「ごめんね、まりあ！　あたしが悪かったの……まりあは悪くないから、謝らないで！」
　だって、単なるあたしのやつ当たりだから。
　ごめん……。
　ごめんね。
　ホントにごめん。
　涙が溢れて、ゴシゴシ腕で拭う。
「ううん！　悪いのはあたしだよ？　愛梨の気持ちなんて考えずに……素直になれだなんて一方的に押しつけてごめんね……っ」
　鼻をすすったまりあの声は、だんだん涙交じりの声に変わってきた。
「ううん！　あたしのやつ当たりだから……。芹沢君と順

調のまりあに……妬いただけっていうか……っ」
　つらくて、苦しくて。
　次々と涙が溢れて止まらない。
　まりあは、陽平と深田さんが付き合ってることを知らないから。
　あたしが言ってなかったのがダメだったんだ。
　だから、全然悪くない。
　それなのに、何度も何度も謝ってくるまりあに涙が止まらなかった。
　お互い涙でぐちゃぐちゃになって、気づくと１時間以上も話しこんでいた。
「あたし……っ、もう愛梨に嫌われたって、そう思ってた」
「な、なんで!?　あ、あたしこそっ……！　まりあに嫌われたって……」
　ホントにそう思ったんだよ。
　ひどいことを言っちゃったから。
「愛梨に嫌われたら、もう生きてけないよっ……！」
「嫌うはずないじゃん！　大好きだもんっ」
　だから、すごく後悔したんだ。
　傷つけちゃったこと。
　まりあは中学時代のことを、ポツポツと話してくれた。
　中学３年生の時、仲がいい子がいたけど、その子の好きな男子がまりあに告白をしてから事態は一変。
　クラスの女子からムシされるようになって、卒業までつらい日々を過ごしたとか。

泣きながら話してくれて、まりあの気持ちを考えたら、あたしまで泣けてきた。
　まりあにそんな過去があったなんて知らなかった。
　あたしはそんなまりあに、『なんの苦労もしていない』って言ってしまったんだ。
　心の底から後悔した。
「ごめんね……っ、ホントにごめんね」
　まりあは人一倍、友達の気持ちに敏感で優しい子だったのに。
「あ、愛梨〜……ぐすっ……っもう、謝らないで……っ。こわかったの……っ。あたし、本当は……嫌われるのが、ずっとこわかった。だから、嫌いじゃないって言ってもらえて……っホッとした」
　次々に出てくるまりあの本音。
　本当はそんなふうに思ってたなんて。
　ごめんね。
　傷つけてごめん。
「嫌いになるわけないじゃん！　だって……まりあはすっごくいい子だもんっ」
　あたしの自慢の親友なんだよ？
　嫌うわけないじゃん！
「愛梨〜……！　大好き〜」
「あたしも……！」
　お互い、涙と鼻水でぐちゃぐちゃになりながら本音で語りあった。

それから、深田さんに言われたことも話した。
　夏休みの出来事も、ふたりが付き合っているってことも、全部包み隠さずに。
　まりあは信じられないって何回も言ったけど、ふたりで幸せそうに歩いてる姿を見かけたことを教えたら、黙りこんでしまった。
「いいんだ、もう。やめるから。もう諦める」
　だって、素直になれない。
　玉砕(ぎょくさい)するってわかってて気持ちを伝えるなんて、あたしにはできそうもないから。
　まりあはもう、なにも言わなかった。
　あたしのしたいようにすればいいって、味方だって言ってくれた。
　それだけで、あたしは幸せだった。

揺れ動く気持ち

　それからは、当たりさわりのないように陽平と接するようにした。
　２学期になってから席替えもあり、ようやく陽平のうしろの席から解放された。
　ちょうどよかったんだ。
　だって、そばにいると意識しちゃうから。
　まん中の列の前から三番目の席になったあたしに対して、陽平はその隣の列の一番うしろ。
　振り返らなきゃ陽平の姿が見えないから、うっかり目が合うこともない。
　まりあと離れちゃったのは寂しいけど、それでも前よりグッと仲よくなっていつも一緒だった。
「やっべ、教科書忘れたー！　あいりん、見せて？」
「また？　坂上君、ホントによく忘れ物するよね」
「仕方ないだろー、忘れちまうもんはさ！　逆にここまで忘れられるってスゴくね？」
　いや、ドヤ顔でそんなに開きなおられても。
　全然スゴくないからね？
　坂上君はもっと反省するべきだよ。
「坂上から忘れ物を取ったら、ほかになにも残らないよな」
「あはは。芹沢君、それかなりウケる！」
　そうなのです。

新しい席は、隣に坂上君、前が芹沢君。
　騒がしい坂上君に呆れつつも、なんだかんだで楽しかったりする。
　坂上君は騒がしいけどいつも笑わせてくれるし、芹沢君はたまに毒舌だけど、ほんわかしてて優しいし。
　傷ついた心を癒すにはもってこいの席。
「あいりん、お願い」
　パンッと両手を顔の前で合わせながら拝んでくる坂上君に、ついつい流されて結局は負けてしまう。
「仕方ないなー！　次はないからね」
「サンキュー、さすがあいりん！」
「もう！　調子いいんだからっ」
　なんて言いつつ、見せてあげるあたしもあたしだ。
　ちょっとは危機感を持ってよ。
　先生にいくら注意されてもヘラヘラ笑って、反省のカケラもないんだから。
　しばらくすると先生がやってきて授業が始まった。
　プリントが配られて、うしろへ回そうと振りかえった瞬間。
――ドキッ
　わわ！
　やばっ！
　陽平と、思いっきり目が合ってしまった。
　なぜか陽平はムッとしていて、あきらかに機嫌が悪そう。
　どうしたんだろう。
　なにかあったのかな……？

わからないけど……深田さんとなにかあったのかな。
振り返るたびに目が合って、陽平はニコッとしてくれる時もあるけど、ムッとしてることもある。
なんで？
なんて、疑問に思うことが増えた。
気まずくなって、慌てて前を向く。
心臓がバクバクいってて、なかなか収まらない。
ダメだ。
目が合うだけでこんなんじゃ、いつまでたっても諦めることなんてできない。
同じクラスにいる以上、見ないようにするなんてムリだよ。
唯一(ゆいいつ)の救いは、夏休みが明けてから深田さんがパッタリ教室に来なくなったこと。
ふたりが一緒にいるところなんて見たくないから、ホントによかった。

「あいりんはさ〜、陽平のことが好きなんでしょ？」
　……!?
　授業中。
　黙々とノートを取っていたあたしに、坂上君がヘラリと笑いながら聞いてきた。
　机に頬杖をつきながら、坂上君はノートを取る気なんてさらさらなさそう。
　シャーペンをくるくる回しながら遊んでいる。
「な、なわけないでしょ」

「またまたー！　あいりん見てたらわかるし〜」
「は、はぁ!?　ありえないよ！」
　小声の坂上君に対して、ついつい大声を出してしまった。
　わっ！
　やばっ！
　黒板の前に立っていた先生が手を止めてあたしを見る。
「なんだ〜、吉崎。急に大声出して、どこかまちがってるか？」
　クラスメイトも、みんなあたしに注目していた。
　恥ずかしさでいっぱいの中、『なんでもありません』と返事をして小さくなる。
　最悪だよ……。
　当の坂上君はおもしろそうに笑ってるし。
　こうなったのは、坂上君のせいなんだからね！
　しばらくすると、先生が黒板に向かう手をふたたび動かしはじめ、授業が再開された。
　それでも、隣からクスクス笑う坂上君の声は鳴りやまない。
「ちょっと！　なに笑ってんのよ」
　今度は小声で言って、にらみつけてやった。
　ホント、ありえないんだから！
「だって、あいりん……おもしれー！　ははっ」
　うざっ。
　なんなんだ、この人は。
「もう教科書見せてあげないからね！」
「ドウモスミマセンデシタ」

なんでカタコト!?
しかも、全然そんなふうに思ってないくせに！
イラっとしたけど、これ以上付き合ってたら授業に集中できないからスルーする。
「素直になりゃ、なにもかもうまくいくのに～！」
なんて、意味不明な発言も今はスルー。

放課後になって掃除当番から戻ると、坂上君の席に陽平が座っていた。
ダルそうに足を伸ばしながら両手をポケットに入れて、なんだかすごく機嫌が悪そう。
そんな陽平の横を通って席に向かう途中、射抜(いぬ)くような強い視線をひしひし感じた。
うっ、なんだか気まずい。
怒ってる……？
目を合わせないようにして、カバンを掴んで帰ろうとすると。
「おい」
ヒーッ。
震えあがりそうなほどの低い声に、悪いことなんてしてないはずなのに、自然と体が縮こまる。
あたし、なにかしたかな？
わからない。
たぶん、してないと思う。
でも、あきらかにあたしに対して怒ってるよね？

なんで？
　最近はほとんどしゃべってないし、心当たりはまったくないんだけどな。
「な、なにか……？」
　おそるおそる振りむくと、無表情で冷たい瞳と視線が重なった。
　こ、こわっ。
　なんでそんなに怒ってんの？
「なんで坂上と楽しそうにしゃべってんだよ？」
「えっ……？」
　いや、べつに……。
　楽しそうに？
　そんなつもりは、ない。
　陽平はまっすぐあたしを見ている。
　窓から入ってくる風に、ふわふわの茶色い髪が優しく揺れた。
　だけど、前髪の隙間から覗く陽平の目はヒヤッとするくらいこわくて。
　静止したまま、動くことができない。
「お前、芹沢が好きなんじゃなかったのかよ？」
「ち、違うよ……」
　陽平は眉をピクリと動かしただけで反応はない。
　ただ、その目はめちゃくちゃ冷たかった。
「坂上に乗りかえた、とか？　なんなんだよ、マジで。どんだけ俺を振りまわせば気がすむわけ？」

もはや、なにを言っているのかもわからない。
　乗りかえた……？
　なにそれ。
　わけわかんないよ。
　あたしは芹沢君を好きだなんてひとことも言ってないし。
　ましてや、坂上君なんて……。
　それなのに……。
　勝手にカン違いして、しまいには乗りかえたなんて一方的に決めつけて。
　あたしがなにを言っても、聞きいれてくれない。
　信じてくれない。
　それが、どれだけ苦しいことかわかる？
　振りまわしてる……って。
　それはこっちのセリフだよ。
　キスしたり、期待させるようなことを言ったりしてきたのは誰？
　散々あたしをからかって、イジワルして。
　深田さんと付き合ってるくせに、あたしに対してわけのわからないことばかり言って……。
　陽平が……わからないよ。
「そのうえ、最近俺に素っ気ないし。マジでなんなんだよ？　意味わかんねーよ」
「──んなっ……！」
　拳がプルプル震える。
　もう限界だった。

「はっきり言えよ、はっきり。聞こえねーよ」
　なにその態度。
　悔しくて唇をギュッと結んだあと、覚悟を決めて顔を上げた。
　そして、大きく息を吸いこむ。
「ふざけんな！　振りまわしてるのはそっちじゃん!!　あたしがひとことでも誰かを好きだって言った!?」
　それなのに。
　それなのに。
「振りまわされて傷ついてるのは、あたしのほうだよっ!!!　大バカ!!」
　ムカつく。
　腹が立って仕方ない。
　胸が苦しくて、一気に涙が溢れてきた。
　泣き顔を見られたくなくて、あたしは返事も聞かずにその場から走りさった。
　ムカつくし、悔しい。
　胸が張りさけそうなほど痛い。
　でもそれ以上に、あたしの気持ちを一方的に決めつけられたことが悲しくて仕方なかった。
　もうやめて。
　これ以上、あたしの中に入ってこないで。
　もうこれ以上、好きになりたくない。
　気持ちを掻きみだされたくない。
　ぐちゃぐちゃな気持ちのままダッシュで学校を出たあた

しは、流れる涙を拭いながら家に帰った。
　乱暴に玄関を開けると、適当に靴を脱いで2階に駆けあがる。
　もう知らない。
　陽平なんて。
　陽平なんて！
　……大嫌い！

　9月も後半に入った。
　あれ以来、陽平はなにも言ってこないし、あたしからも声をかけていない。
　たまに目が合うと、向こうからそらしたりあたしからそらしたり。
　そのたびに陽平が申しわけなさそうに眉を下げていることに気づいていたけど、知らないフリをした。
　教室にいるのが嫌だから、最近の昼休みはまりあと一緒にミーコの教室で過ごしている。
　ふたりは陽平と話さなくなったあたしを心配してくれるけど、もうどうすればいいのかわからなかった。
「この際、陽平君のことなんか忘れてパーッと遊びに行こうよ！　ね、ミーちゃん！」
「そうだね！　そうしよ！」
　ミーコの机にうなだれるあたしを元気づけようとするふたり。
　心配させまいと、あたしは力なく微笑んで見せた。

「もう、ムリして笑わないの!」
「そうだよー、そんな痛々しい笑顔は見たくないんだからね」
　ムリしたのは逆効果だったようで、余計にふたりを心配させてしまったようだ。
　ううっ、ごめんね。
　わかってる。
　ふたりには、かなり気を遣わせちゃってるってこと。
　でも、どうすることもできないんだ。
　ホント、ダメだな。
　あたし。
「ごめんね、ふたりとも……」
　机にうなだれたまま、顔だけをふたりに向けて謝罪する。
　一向に気分は晴れなくて苦しいけど、ふたりといると少しは癒されるんだ。
　ごめんね……そして、ありがとう。
「なんだか愛梨を見てたら、あたしまでつらくなってきた」
　まりあに手をギュッと握られて。
「ふたりともどんよりしすぎ!」
　ミーコに苦笑いをされた。
　……うん、余計に心配させちゃった。
　はぁ。
　顔を元に戻した時。
「うわっ、やべっ」
「おい、あぶね……」

──ゴンッ
　そんな声が聞こえたと同時に、後頭部に強い衝撃が走った。
　い、たっ……！
　その衝撃は一瞬で終わったけど、次第に頭がジンジン痛くなる。
「ちょっと愛梨、大丈夫？」
「今、思いっきり当たったよね？」
　頭をさすりながら顔を上げると、まりあとミーコが心配そうにあたしの顔を覗きこんできた。
「コブできてない？」
「ホント、大丈夫？」
「う、うん……なんとか」
　近くにはバスケットボールが転がっていて、それが頭に直撃したんだってわかった。
　そういえば、さっきから男子がボールで遊んでたなぁって、今になって思い出した。
　最悪。
　とことんついてないよ。
　ロケット花火といい……なんだか最近は物に当たってばっかり。
　運が悪いのかな。
「ちょっと！　誰よー、ボールぶつけた人！」
　ミーコが大きな声で叫ぶ。
「わりー、俺だわ！」
　申しわけなさそうな顔をしながら近づいてきたのは、た

ぶんだけどバスケ部の人。
　このクラスの男子は、バスケ部に入ってる人が多いってミーコが前に言ってたから。
「ノリ、お前、なにやってんだよ！　ヘタクソ～！」
「吉崎さん見て、手もとが狂ったか～？　バカヤロー」
　なんて茶化す声がする。
　ホント、痛いんだけど。
「ごめんごめん」
　ノリと呼ばれた人は、申しわけなさそうな顔をしながら目の前までやってきた。
「法山(のりやま)君、気をつけてよね！　もう！」
　めずらしくミーコが怒っている。
　あたしのために……ありがとう。
　弱ってる時って、そんなささいなことがうれしかったりするんだよね。
「痛かった？」
　法山君はあたしの目をまっすぐ見て、そんなことを聞いてきた。
「まぁ、それなりに」
　っていうか、痛いに決まってるし。
　聞こえてないかもしれないけど"ゴンッ"って鳴ったんだよ？
「ごめんな。お詫びになにか奢るよ」
　法山君はひとことで言うと、チャラチャラしてて軽そうな人だった。

髪は染めてなくて黒いけど、制服をかなり着くずしてるからそう見える。
　大きなクリッとした目が特徴的で、モテそうな感じのかわいい系のイケメン。
「いや、そこまでしてもらう必要はないので……」
　痛かったけど、そこまでしてもらうのは気が引ける。
「いやいや、悪かったし」
　白い歯を見せてニッと笑う法山君。
　人なつっこい笑顔に、初めて話すのに親しみやすさを感じた。
「とにかく、行こうぜ」
　えっ……？
　行くって？
　どこに？
　聞く間もなく、法山君はあたしの手を掴んで引っぱった。
　あまりの勢いに反動で立ちあがらされ、法山君はそのまま教室を出る。
　そして、そのまま強引に階段を下った。
　ええっ!?
　ど、どこに行くの……!?
「ちょ、ストーップ！」
　あまりにも強引な法山君に、頭がついていかない。
「どこ行くの？」
「奢るって言っただろ？　ジュースでいい？」
「えっ？　いや、ホントにいいよ」

「いいから、ついてきて」
「いや、あの……っ」
「いいから！」
　必死に否定するも、法山君の強引さは変わらない。
　どんどん引っぱられて、結局自販機の前まで連れてこられた。
「なにがいい？　好きなの選んでいいよ」
「いや、大丈夫だよ」
　痛かったけど、初対面の人にそこまでしてもらうのは申しわけない。
　謝ってくれただけで十分だから。
「いいからいいから」
「で、でも……！」
　ニッと微笑まれて、悪意のない笑顔に思わずガードが緩んでいく。
　なんなんだろう、この人は。
　心からの純粋な笑顔のせいかな、こんなに気が緩んでしまうのは。
「ほら、早くしないと昼休みが終わるよ」
　えー!?
　いいって言ってるのに。
「いいから！　こうでもしなきゃ俺の気がすまないから」
「じゃ、じゃあ遠慮なく……」
　結局あたしが折れて、紙パックのフルーツジュースを買ってもらった。

なんか当たり得？　みたいなね。
「実はわざとなんだ」
　教室に戻ろうとした時、法山君があたしに向かってポツリとつぶやいた。
「えっ？」
　わざと？
　なにが？
　わけがわからなくてポカンとするあたしに、法山君はクスッと笑う。
　その顔はなんだかかわいくて、警戒心がますます薄れていく。
「わざとボールを当てたんだ」
「えっ？　な、なんで？」
　それって、何気にひどくないですか？
　わざとって。
　あたし、嫌われてるんだろうか。
　それはそれでショックだな。
　初対面の人に恨まれてるなんて。
「吉崎さんとお近づきになりたかったから」
　えっ……？
　法山君は照れくさそうにニッと笑った。
　その笑顔は屈託がなくて純粋で、頬がほんのり赤く染まっている。
　余計にわけがわからなくて、疑問が膨らんだ。
　お近づきに……？

それって、仲よくなりたいってことかな？
　よくわからない。
「わかってないのかよ。ま、いいや。とりあえず、俺のことはノリって呼んで。俺は愛梨ちゃんって呼んでいい？」
「えっ？　あ、うん……」
　よくわからないけど、なんだか憎めなくてとりあえずうなずいておいた。
　そのあとノリと、ミーコの教室に戻ると、なぜかいろんな男子に冷やかされた。
「吉崎さん、こいつに変なことされなかった？」
「あ、うん。なにも」
　中でもノリと仲がいいらしい青田君に一番からかわれて、余計にわけがわからない。
「するわけねーだろ！」
　──ドカッ
　ノリが焦って否定して、青田君に蹴りを入れる。
　青田君はミーコの好きな人。
　彼はニヤニヤしながら、なぜかずっとノリをからかっていた。

　次の日の朝。
　ギリギリに登校したあたしは、校門を抜け、昇降口を目指して走っていた。
　もうすっかり秋らしくなって朝と夜は肌寒い。
　おかげで今は、白のカーディガンとベージュのブレザー

が手放せない。
「愛梨ちゃん、おはよう」
　背後から声が聞こえて振り返れば、そこにはスポーツバッグを肩から下げたノリが立っていた。
「あ、おはよう」
「今来たんだ？　ギリギリだね」
　なんて言いながら、ノリはあたしが上履きに履きかえるのを待ってくれている。
「うん。いつもはもうちょっと早いんだけどね」
　今日は寝坊しちゃっていつもより遅くなっちゃった。
「ノリは朝練？」
　ほんのり汗をかいてて暑そうだし、髪の毛や制服も乱れている。
　間に合わないから、急いで着がえたのかな？
「うん。マジメに出るなんてえらいっしょ？」
「あはは。いつもはサボってるんだ？」
「うーん、いつもじゃないけど」
　話しながらのんびり履きかえていると、隣に人の気配を感じた。
　何気なく見るとそこにいたのは陽平で、ノリと話すあたしを無表情に見おろしている。
　あれ以来まともに話していないから、正直かなり気まずい。
　それに、こんなに近くで顔を見たのはひさしぶりかもしれない。
　それほど、今では関わりがなくなっていた。

なんでそんなに冷たい目であたしを見てくるの？
　あたし、そこまで恨まれるようなことをしたのかな？
　大バカって言っちゃったけど、そこまで恨むようなこと？
　陽平との間に深い溝ができてしまったような気がして、胸が締めつけられる。
　もう前みたいな関係には戻れないかもしれない。
　これだけ恨まれてたら、もうムリだよね。
　胸が痛いよ……。
「愛梨ちゃん？　行こうぜ」
　悲しくて悔しくて唇を噛んだ時、ノリの優しい声が聞こえて我に返った。
　陽平はムッとしたまま上履きを履くと、そのまま無言で足早に行ってしまった。
「早く行かないと、チャイム鳴るしさ」
「うん……そうだね」
　そのあとノリとトボトボ教室に向かったけど、なにを話したのかはあんまり覚えていない。
　陽平のことが、あたしの胸を埋めつくしていたから。

陽平の彼女

　もう！
　もう……。
　もう……！
　いろんなことがよくわからない。
　なんであんなに怒ってたの？
　前に、『大バカ』なんて言っちゃったから？
　話せなくなって、胸が苦しい。
　心が痛い。
　頭を抱えて机に突っぷす。
　いろいろ考えすぎて、完全にキャパオーバー状態だ。
　それでも、話したい……。
　陽平と、ちゃんと話したい。
　でも……話しかける勇気がない。
「あいりん、教科書見せて？」
「…………」
「お願い！」
　授業が始まる１分前、またもや坂上君のいつものお願い攻撃を受けた。
　無言で机をくっつけ、そのまん中に教科書を置く。
　２日に１回は、こうして坂上君の"教科書見せて攻撃"を受けている。
　いい加減にしろよと言いたいところだけど、言っても変

わらない気がするからスルー。
　最近じゃこうやって教科書を見せるあたしが悪いのでは？なんて思い始めた。
「サンキューね。いや～、いつもいつもホント助かるよ」
「今度お礼してよね」
　ホント、冗談抜きで。
　それくらい、坂上君に貢献してると言っても過言ではない。
「うん、するするー！」
　絶対しないでしょーが！
　坂上君はいつも口だけ。
　ヘラヘラしてるし、なにを考えてるのか全然わからない。
　いや、なにも考えてないと思う。
　ただの、能天気バカ。
「あ、でも……。いい加減にしないと、そろそろマジで陽平にキレられるな」
　——ドキッ
　坂上君の口から出た陽平っていう言葉に、心が正直に反応する。
「なにそれ。なんでキレられるの？」
　平然を装って尋ねる。
「だって俺、あいりんと仲よくしてるし？　あいつ、かなりヤキモチ焼くじゃん。ただでさえにらまれてんのに、このままだとホントに恨まれそう」
　…………!?
「俺、陽平にだけは嫌われたくねーしさー！　そろそろマ

ジメに教科書持ってくるかなー」
　わけがわからない。
　なんでそんなふうに思考回路が働くの？
　陽平が妬く？
「いや、ありえないでしょ！　陽平は深田さんと付き合ってるし」
　あたしにヤキモチなんて焼くはずがない。
　そんなことは、ありえないんだ。
「はぁ!?　誰と誰が付き合ってるって？」
　坂上君は授業中にも関わらず、大きな声を張りあげた。
　心底驚いたように目を見ひらいて、信じられないとでも言いたそう。
「こら、坂上！　授業中に大きな声を出すんじゃない！」
「え、あー！　すんません。いち大事なもんで」
「お前の頭の中は常にいち大事だろうが。少しはマジメになれ」
　先生の言葉にドッと笑いが起こる。
　だけど、坂上君はそんなことを気にしていない様子であたしを見てくる。
「あいりん、なに言ってんの？」
「なにって……だから、陽平と深田さんが付き合ってるって話」
　坂上君は、なお驚いた顔を崩さない。
　"なに言ってんだお前。ありえねーだろ"的な目で見られて、かなり居心地が悪かった。

「もう一回聞く。誰と誰が付き合ってるって？」
　今度は小声でコソッと話しかけられた。
　何回も言わせないでほしいんだけど。
「だから、陽平と深田さんが！」
　言っててズキズキ胸が痛んできた。
　やっぱりまだ、認めたくはない事実。
　っていうか、何回も言わせないでよ。
「いや、それ……ありえねーから」
「だって、直接聞いたし」
　深田さんが、言ってたもん。
　それに。
「夏休みにふたりで歩いてるところも見たし」
「聞いたって誰に？　夏休みに歩いてた……？」
「深田さんから直接」
「夏休みってアレだろ？　祭りのことがあったからなんじゃねーの？」
　えっ？
　坂上君がなにを言っているのかわからない。
　お祭り……？
　なにそれ。
「あいりん……それ、かなり誤解してるわ」
　えっ？
　ご、誤解……？
　あまりにも話が噛みあわなさすぎて、あたしの頭の中にはハテナマークがたくさん浮かんだ。

「とにかくもう一度陽平と話したほうがいいよ。誤解が解けたら、あとは流れに身を任せればいいから」
「えっ？」
　いや、誤解が解けるもなにも……。
　流れに身を任せる？
　それ以前に、わけがわからなくて混乱してるんですけど。
　陽平はあたしに対して怒ってるし、きっと関係を修復するのは不可能だ。
「ムリ、だよ」
　今さら、なにを話せっていうの？
　冷たくされて、これ以上傷つきたくない。
「とにかく！　まっすぐに、正直にぶつかることだな。こうなったらもう、あいりんから行くしかねーよ」
「…………」

　『大丈夫だから』と念を押されつづけて、あっという間に放課後になった。
　坂上君の言葉が本当なら、あたしはなにを誤解してるっていうの……？
　あの言い方だと、ふたりは付き合ってないって感じだったけど。
　まさか、本当に……陽平と深田さんは付き合ってない？
　ううん。
　だったらなんで、深田さんは付き合ってるなんて言ったの？

まさか、ウソだった……とか？
　でもなんで？
　そんなウソをついて、深田さんになんのメリットがあるっていうの？
　わからない。
　なにがどうなっているのか。
　でも坂上君がウソをつくとは思えないし、辿りついた考えはそれだった。
　深田さんがあたしにウソをついたってことしか浮かばなかった。
　とにかく、あたしは自分ができることをしてみよう。
　そう思ったあたしは、放課後になるとカバンを肩にかけて脇目も振らずに教室を飛びだした。
　確か……深田さんのクラスは。
　6組だったはず！
　そう思って駆け足で6組に向かった。
　慣れない教室の前まで来ると、うしろのドアからおそるおそる中を覗いた。
　教室内には、まだたくさんの生徒が残っている。
　だけど、深田さんの姿はどこにも見あたらない。
　もしかして、もう帰っちゃったのかな。
　ほかのクラスはただでさえ緊張するのに。
　深田さんを探すだけで、ドキドキしてきた。
「吉崎さん？」
「え？　あ……」

深田、さん。
振り返ると、深田さんが驚いたような顔で立っていた。
ゴクリと唾を飲みこむ。
いざとなると、すごく緊張していて、手に汗を握る。
「ちょっと待っててね。カバン取ってくるから」
あたしの表情からなにかを察したのか、なにも言ってないのに深田さんは教室の中に入っていった。
そしてカバンを肩にかけると、友達に手を振ってあたしの前に戻ってきた。
「公園行こっか」
深田さんはそう言って唇の端を上げたけど、目は笑ってなくて。
これからあたしがなにを話すのか、わかっているかのようだった。
とくに会話はなく、重い空気が流れる中をふたりで歩く。
なにを言うか、どう聞くか。
全然決めてないけど、口ベタのあたしにうまく言えるかな。
なんだか、気が重くなってきた。
だけど、逃げない。
ここで逃げるわけにはいかない。
真実を知りたいもん。

公園に着くと、深田さんは大きな木の下に向かった。
あたしは無言で深田さんに続く。
夏休みに会った時も、たしかここだったっけ。

風がさわさわ通りぬける。
　葉っぱがこすれる音が辺りに響いた。
「吉崎さんの用事って、陽平君のことでしょ？」
「え？　うん……」
「だと思った……！　それしかないもんね」
　深田さんはなぜか、寂しそうに笑った。
　どうして、そんな顔で笑うの……？
「陽平と付き合ってるってホント？」
　だからかな。
　あたしも素直にそう聞くことができた。
「……ホントだよ」
「…………」
　やっぱり……。
　だけど、深田さんの顔は幸せそうじゃなくて。
　なにかを隠していそうな、そんな顔をしている。
　その場から動こうとしない深田さん。
　なぜかあたしまで硬直したように固まってしまって動けない。
　重たい沈黙が苦しい。
「はぁ。なーんてね……」
　深田さんは短いため息を吐いたあと、悲しげに笑った。
　その目は潤んでいて、なぜか胸が締めつけられる。
「それが本当だったら、どんなによかったことか」
　えっ……？
「陽平君と付き合ってるっていうのは、ウソだよ」

「…………」
「あはは、引いた?」
　乾いた笑いが響く。
　深田さんは顔を隠すように、あたしに背を向けた。
「……なんで、そんなウソを」
　ねぇ、どうして……?
「なんでって……わかるでしょ?　言わせないでよ、そんなこと。それに、吉崎さんだってウソついたじゃん」
「…………」
「陽平君のこと……ホントはどう思ってんの?」
　深田さんの背中が小刻みに震えている。
　どんな顔をしているのかはわからないけど、悲しそうな顔をしているんだろうなって思った。
　もしかしたら、泣いているのかもしれない。
　まっすぐに陽平を想っていたのを、あたしは知ってるから。
　だから、逃げちゃいけない。
　逃げたら前と一緒だ。
　強くなりたい。
　素直になりたい。
　だから、逃げちゃいけない。
　深田さんと、ちゃんと向きあわなきゃ。
「ごめん。ホントはあたし、陽平のことが……好き」
　ウソをついたのは、ただの強がりだ。
　悔しくて悲しくて惨めで、そんな自分から逃げていただけだったんだ。

「深田さんから付き合ってるって聞いて……ホントにショックだった。何度も諦めようとしたけど、できなくて」

　だけど素直になることもできなくて、告白なんてできなかったんだ。

　振られて傷つくのが嫌だった。

　そんな自分が嫌だから、強くなりたい。

　素直になりたい。

　変わりたい。

「あたし、陽平のことが今でも大好き」

　もう、自分にウソはつきたくない。

　深田さんにも。

　誰にも。

「だから、これから頑張るつもりだよ」

「ふーん……っ、あっそ。あたしがウソをついたのは、吉崎さんを苦しめたかっただけだから……っ！　おあいこだし、謝らないからねっ」

　あ、あっそ……？

　あの、かわいい深田さんが……、あっそ？

　だけど、ブレザーの裾(すそ)で涙をゴシゴシ拭っているのがうしろ姿からわかって、なにも言い返せなかった。

　言いたいことはたくさんある。

　なんでって。

　ダメじゃんって。

　あたしは深田さんのウソに、とても傷ついた。

　だけど、だけどね。

泣いてる深田さんを見ていたら、あたしも悪かったなって思えてきた。
　ウソをついたことはおあいこだね。
「わかった、あたしも謝らない。でも、陽平が好きだってことは覚えておいて」
「…………」
「深田さんも、大好きなんだよね？　陽平のことが」
　まっすぐにぶつかってたもんね。
　困ったような顔をされても、いくら冷たくあしらわれても……めげずにまっすぐ。
　すごいなって、あたしにはムリだなって、思ったんだ。
「当たり前でしょ……っ！　ずっとずっと、好きだったんだから……っ！」
　涙と鼻水交じりの声。
　深田さんは泣き顔を見られたくないのか、あたしに背を向けたままだった。
　慰めるのはなんだか違う気がして、でも、どうすればいいのかわからなくて、小刻みに震えるその肩を見ていることしかできなかった。
「３年間……ずっと好きだったのっ。陽平君のいいところは、あたしのほうが……っ、知ってるもん」
　長い間片想いをしていた深田さんのことを考えると、なにを言っても上っ面の言葉にしか聞こえない気がして、なにも言えなかった。
　３年間……。

きっと、いろんなことがあったんだよね。

つらかったり、苦しかったり、悲しかったり、ドキドキして眠れなかったり。

話せた日はうれしくて、自然と顔がにやけちゃったり。

「でも……っもう、諦めるから……！　終わりにする、から……」

「…………」

「無謀(むぼう)な、恋だもん……っ」

深田さんの気持ちが伝わってきて、胸が苦しくて仕方ない。

涙交じりの声が、胸に重く響いた。

「陽平君には、昔からずっと……好きな女の子がいて。その子のことが……大好きだからごめんって……っ。そう言われちゃったら……っもうどうにもできなくて。だからあたしは……っ陽平君の、幸せを願ってる」

いろんな恋の形がある。

人それぞれ。

本当にいろいろ。

深田さんの下した決断に、あたしが口を挟んでいいわけがない。

深田さんの覚悟をきちんと受けとめなきゃ。

ごめんね。

卑怯(ひきょう)なあたしでごめん。

最後まで深田さんは強かった。

好きな人の幸せを願うなんて、あたしにはできそうもない。

陽平に好きな人がいると聞かされても、あたしは深田さんのようには思えなかった。
　だってまだ……あたしはなにもしてないもん。
　深田さんのように泣くのも、諦めるって決めるのも、今のあたしがしていいことじゃない。
　まだ、ダメ。
　気持ちを伝えるまではダメ。
　まだ、早いんだ。
「気持ち……伝えなかったら、許さないからね……っ！」
　深田さんはそれだけ言いのこすと、そのまま走っていった。
　その背中はとても寂しげで、胸が締めつけられる。
　だけど目をそらしちゃいけない。
　しっかり見とどけよう。
　風が吹きぬける中、深田さんの背中が見えなくなるまで眺めていた。
　深田さんには本当に頭が上がらない。
　応援……してくれたんだよね？
　って、ポジティブに捉えすぎかな。
　でも……ありがとう。
　結果はどうなっても、素直になってみようって覚悟を決めた。
　結果をこわがるのはやめる。
　傷つくのをこわがってたら、なにもできないから。
　素直な気持ちを伝えることが大切だと思うから。
　深田さんみたいに、強くなりたい。

だから……

　次の日。
　学校に着くと、カバンも置かずに陽平の席に向かった。
　カバンの中に詰めこんできたのは、誕生日プレゼントとして渡すはずだったピアスの包み。
　ドキドキして落ちつかない。
　鎮(しず)まれ、心臓。
　ホントに落ちつけ。
　お願い……今だけ。
「あいりん、おはよう」
「吉崎、おはよ！」
　陽平の席の周りで騒いでいた坂上君や男子たちが、ニヤニヤしながらあたしを見てくる。
　なんなのよ、その顔は！
「うん、おはよう。えっと、よ、陽平……！」
　坂上君や周りの男子に適当に挨拶をして、陽平を見た。
「なんだよ……？」
　怒ってはいないようだけど、話すのがひさしぶりすぎて気まずい空気が流れている。
「話があるからちょっといい？」
「…………」
　黙りこむ陽平を見て、不安と緊張がいっそう増していく。
　お、お願いだからなにか言って。

黙りこまないでよ。
「行ってこいよ、陽平〜！」
「そうだそうだ。バカヤロー！」
「とっとと行け！」
　周りに急かされつつ、陽平はしぶしぶ立ちあがった。
　そして、あたしの顔も見ずにスタスタ歩いていく。
　やっぱり……まだ機嫌悪い？
　怒ってる？
　伝えようと決めたはずの固い決意が、だんだんと不安に変わっていく。
　ダメダメ、なに弱気になってんの。
「頑張ってね、あいりん」
　歩きだそうとした時、坂上君に肩を叩かれてコソッと耳打ちされた。
「うん！　ありがとう」
　不安だけど、陽平とちゃんと話したい。
　素直になって気持ちを全部伝えるんだ。
　だから、頑張れあたし。

　教室を出て、しばらく無言のままふたりで階段を下りた。
　どこに向かってるのかわからないけど、ピリピリムードの陽平の背中に声をかけることができない。
　とりあえず、タイミングを見て話しかけてみよう。
　前に『大バカ！』って言っちゃったから、それもちゃんと謝らなきゃ。

「愛梨ちゃん？」
「へっ？」
　え？
　あ……。
「ノ、ノリ」
　階段を下りきった時、不意に名前を呼ばれて顔を上げると、そこには親しみのこもった笑顔を浮かべるノリの姿。
「なにしてんの？」
　ノリはあたしの少し前にいる陽平をちらりと見たあと、ニッコリ笑って聞いてきた。
　陽平も、立ちどまって無言でこっちを見てる。
「いや、あの……べつに。なにも……」
　恥ずかしくてうつむく。
　なんて言えばいいのかわからなかった。
　これから告白しようとしてるなんて、言えないもん。
「彼氏？」
　へっ!?
　か、彼氏……？
　ノリは陽平にチラッと目をやって、真顔であたしに尋ねる。
「え？　いや、あのっ……」
　は、恥ずかしい……。
　頬が赤く染まっていくのがわかった。
「お前には関係ねーだろ」
　あたふたしていると陽平が冷たくそう言いはなち、雰囲気がピリピリしはじめる。

「関係あるよ。俺、愛梨ちゃんのこと狙ってるし」
　へ……!?
　え……?
　ね、狙ってる……!?
　どういう意味だろう。
「っていうか俺、愛梨ちゃんのことが好きなんだよね」
「え……!?」
　い、今、なんて……?
「だから、好きなんだって。もちろん、ラブのほうね」
　ラ、ラブ?
　す、好き!?
　ビックリしすぎて動揺してしまう。
　開いた口が塞がらなくて、頬をまっ赤に染めるノリをまっすぐに見てしまった。
　ノリが、あたしを……!?
　……ウソッ。
　なんで、あたし?
　どうして?
　今まで、まともに話したこともないよね?
　知りあったのだって最近じゃん。
「入学式ん時に見て、ひと目惚れしたんだ」
　あたしの表情からなにかを察したのか、ノリは照れくさそうにはにかんだ。
　人なつっこい笑顔が胸にしみる。
「お前はどうなの?　愛梨ちゃんのこと、どう思ってんだ

よ?」
　ノリは真剣な眼差しで陽平に詰めよる。
　それは、見ていてハラハラするほどだった。
　っていうか……!
　なんでこんな展開に……。
「はぁ?　なんでお前に言わなきゃいけねーんだよ」
「あっそ。じゃあ、愛梨ちゃんは俺がもらうから」
　え……?
　あたしのそばまで距離を詰めてきたノリは、そのまま勢いよくグッと腕を掴んだ。
「行こう、愛梨ちゃん」
「えっ……?　いや、あの……」
　あ、あたしは陽平に用事が。
　覚悟を決めて、今から告白するつもりだったのに。
「一回ゆっくり話したいなって思ってたし。この際、本音を語りあお」
　え、えー……?
　本音って言われても。
　グイグイ引っぱられて陽平から離された。
　そして、無理やり階段を上らせられる。
「待てよ」
　引っぱられるように歩くあたしの耳に、陽平の低く冷たい声が響いた。
　怒ってるのかな……?
　わからないけど、雰囲気やオーラがダークすぎて震えあ

がりそうなほどこわい。
「愛梨に触るなよ」
　こんな時なのに、陽平の言葉にドキッとするあたしはおかしいのかな。
　そんなことを言われちゃったら、やっぱり期待しちゃうよ……？
　ねぇ、怒ってるんじゃないの？
　それなのに……。
「なに？　やっぱり、お前も愛梨ちゃんのことが好きなんだ？」
　ノリもノリで、敵意丸出しの陽平に強気な態度を見せている。
　まるで、ケンカ腰で挑発(ちょうはつ)しているかのよう。
「だから、お前には関係ねーって言ってんだろ」
「はあ？　自分の気持ちも素直に言えねーのかよ？」
　ど、どうしよう……。
　なんだか、どんどんいけない方向に進んでいってるような。
　どうしたらいいのかな。
　ドキドキ、ハラハラ。
「三浦って、絶対好きな女の子イジメるタイプだろ？　あーあ、愛梨ちゃんがかわいそう」
「……っ！」
　ノリの言葉に、陽平は悔しそうに唇を噛みしめる。
　ノリの言い方だと、陽平はまるであたしを好きみたいに聞こえる。

やめて。

そんなんじゃない。

陽平はあたしのことなんてなんとも思ってないはずだから。

あたしが勝手に期待しているだけ。

陽平にはずっと好きな子がいるんだって、深田さんも言ってた。

「三浦に愛梨ちゃんは渡さない」

あたしの手を掴むノリの指が、皮膚に食いこんでかなり痛い。

ノリは有無を言わさずに、またあたしの腕を引っぱってふたたび歩きだした。

「い、痛いよ……ノリ」

小走りになりながら、おそるおそる声をかける。

なんで、急にこんなこと……。

「あ……ごめん」

ノリは申しわけなさそうにあたしの腕をパッと離した。

「ううん……」

チラッとうしろを振り返ると、切なげに瞳を揺らす陽平がいて。

どうしてそんな顔をしているのかはわからないけど、ものすごく複雑な気分になった。

陽平……あたしはやっぱり。

「ノリ、ごめん！　あたし、陽平のことが好きなの」

目の前に立つノリの目を真剣に見た。

ちゃんと伝えなきゃ。
　ノリはまっすぐにあたしに伝えてくれたから。
　でも、ごめんね。
　気持ちはうれしいけど、あたしはやっぱり陽平が好きだから。
「うん、知ってる」
　ノリはあたしの目を見て、フッと寂しそうに笑った。
　諦めにも似た力ない声が聞こえて、じわじわと罪悪感が押しよせる。
　でも、だけど！
　ノリの気持ちに応えることはできない。
　本当にごめんね。
「さっき、告ろうとしてたんだろ？」
「えっ!?」
　どうしてそれを……？
「顔見たらわかるし。だからさっきの俺の告白は、最後のあがきってやつ。三浦から引きはなしたのだって、ムダな抵抗だよ」
「…………」
　つらそうに顔をしかめるノリを見ていたら、なにも言いかえせなかった。
　それだけノリは真剣にあたしを想ってくれてたってことだよね。
「なんかごめん。愛梨ちゃんの邪魔ばっかして。けど、あいつと一緒にいるとこ見てたら、そうせずにはいられな

かったんだ」
　申しわけなさそうに謝るノリに胸が痛んだ。
「ううん！　あたしこそありがとう。ノリの気持ち、うれしかったよ！　でも、ごめんね……」
「いいよ、わかってたし。応援してるから、頑張って！」
　寂しそうに笑ったあと、ノリはあたしに背を向けて歩きだした。
　ノリ……ありがとう。
　うん、頑張るね。
　とにかく、あたしも気持ちを伝えてみる。
　どうなるかはわからないけど、まっすぐにぶつかってみるね。
　クルリと振り返ったあたしは、まだそこに立ちつくしている陽平のそばに走りよった。
「陽平……！」
　あたしね……！
　陽平のことが。
「あいつと付き合うのかよ？」
　いまだに冷たいままの陽平の声が耳に届いて、一気に心が折れそうになる。
　でも、負けない。
「付き合わないよ！　だって、あたしが好きなのは……」
　——ドキドキ
　——ドキドキ
　やばい、緊張しすぎて震える。

どうしよう。
　気持ちを伝えるのって、告白するのって。
　こんなにも緊張するものだったんだ。
「芹沢だろ？　あ、今はノリ……だっけ？　コロコロ変わるよな」
　悲しそうに眉を下げて、一気にトーンダウンする陽平の声。
　ねぇ、なんで最後まで言わせてくれないの？
　なんでいつも、そうやって勝手に決めつけるの？
「だから違うって！」
「ムリするなって。強がる必要ないから」
　せっかく素直になろうとしてるのに、本人にそんなことを言われちゃったら悲しすぎる。
「バカ!!　あたしが好きなのは……」
　大きく深呼吸をして、ひと呼吸置く。
　ドキドキと緊張がハンパないけど、ここで逃げたくはなかった。
「陽平だよ！」
　そう言いきったところで、急に恥ずかしさが込みあげてきた。
　顔もまっ赤に火照っていて、とてもじゃないけど陽平を見れない。
　ドキドキする中、カバンから誕生日プレゼントの包みを出して陽平の胸に突きつけた。
　これがあたしの気持ちだ、バーカ。
「じゃあね！　陽平のバーカ！」

そう言って陽平の前から走りさった。
止まることなく、階段を全速力で駆けあがる。
あー、かわいくない。
かわいくなさすぎる。
一世一代の告白を、こんな形で締めくくるなんて。
なんでこんなかわいくない言い方しかできないかな、あたし。
深田さんみたいにかわいく素直になれたらよかったのに。
好きだよって、ニコニコしながらかわいく伝えたかった。
ホント、あんなんじゃ届くものも届かないよ。
誕生日プレゼントだって、もっとちゃんと渡したかった。
バーカ、だなんて……。
普通、あんな状況で言わないよね……。
「なにやってんだ、あたし……」
　屋上のドアの前まで一気に走ってきたあたしは、壁に背中を預けてズルズルと座りこんだ。
バカ……バカ。
　素直になれたと思ったのに、結局あたしは最後まで強がってしまった。
かわいくなれなかった。
どうしよう。
しかも言い逃げしちゃうとかありえないし。
激しく自己嫌悪に陥る。
でもでも、気持ちを伝えた達成感から心はほんの少しだけスッキリしていた。

次の授業は……うん、サボろう。
　まともに陽平と顔を合わせられないし。
「お前なぁ……っ。はぁ……っ！　なに、言い逃げしてんだよ！　それに、なんだよコレは」
「……!?」
　たった今、サボろうと決心したあたしの目の前に、慌てた様子の陽平が現れた。
　そしてプレゼントの包みをあたしの前に差しだして、ビックリしたような顔をしている。
「なな、なんで……ついて、くるの？　それは……誕生日プレゼントだよ」
　いやいや、今、まともに顔を合わせられないってば……。
　恥ずかしすぎるよ。
「なんでって……愛梨がわかんねーこと言うからだろ？　それに、なんで今さら誕生日プレゼントなんか」
　座りこむあたしの目の前に、陽平も息を切らしながらしゃがみこんだ。
　それだけでドキッと鼓動が跳ねて、とてもじゃないけど冷静ではいられない。
　ドキドキしすぎて、心臓が押しつぶされそうだ。
「ずっと渡したかったけど、渡せなかったから……。プレゼントを渡して、気持ちを伝えようって決めたの」
　陽平の茶色のふわふわの髪が少し乱れている。
　耳にはピアスが光っていて、前髪の隙間から覗く熱のこもった瞳にクラクラした。

思ってることを素直に伝えたい。
　　ちゃんと伝えたい。
「俺を好きって……マジ？」
「……っ」
　　――ドキン
　　う。
　　ど、どうしよう。
　　あらためて聞かれると、恥ずかしすぎてどうにかなっちゃいそう。
　　ちゃんと伝えたいって思ったはずなのに、緊張感がハンパない。
　　えーい。
　　もう、どうにでもなれ。
　　ここまで言ったんだもん。
　　頑張れ、あたし。
　　深田さんみたいにかわいくは言えないけど、許してよね。
「マジ……だよ。あたしは陽平が好き」
「…………」
　　な、なんで黙るの……？
　　聞いてきたくせに、やめてよ。
　　お願いだから、なんか言って。
　　反応してよ。
　　沈黙が、苦しいじゃん。
「わり、もう我慢できねー」
　　えっ……!?

そう思ったのと、陽平に引きよせられたのは同時だった。
　陽平の腕にすっぽり覆（おお）われて、あっという間に抱きしめられた。
　な、なんで……？
　どうして？
　こんなことって……ありえないでしょ。
「愛梨、マジでかわいすぎ」
「……っ」
　か、かわいい……!?
　こんなあたしが？
　ウソ、だよね？
　信じられないよ。
　ギューッと抱きしめられて、かなり密着しているせいか鼓動が速くなる。
　陽平の胸の振動も伝わってきて、余計に鼓動が跳ねあがった。
　これじゃあたぶん、あたしのドキドキも伝わってるよね……？
　恥ずかしくて倒れちゃいそう。
　今、陽平とこうしているのが信じられない。
「よ、陽平……苦しい……っ」
　それに、恥ずかしい。
　どうにかなっちゃいそう。
　ドキドキしすぎて、おかしくなりそうだよ。
「ムリ。離してやんねー」

「な、なんで……っ」
　っていうか。
「陽平はあたしのことを……どう思ってるの？」
　一番聞きたいのはそれで。
　抱きしめられているっていうこの状況でも、ちゃんと言葉で確かめたかった。
「察しろよ。わかるだろ？」
　耳もとで甘い声が響く。
　そんなことを言われたって……。
　ちゃんとした言葉がほしいよ。
「聞かせてよ。わからないし」
　だって、あたしは言ったのに。
　陽平は言わないなんて不公平だよ。
「ねぇ、お願い」
　言ってくれなきゃ、安心できない。
　ちゃんとした言葉が聞きたいんだよ。
　ドキドキしながら、震える腕で陽平を抱き締めかえした。
　大きくて、程よく筋肉が付いた背中に触れて、制服越しなのにドキドキが加速していく。
「わかれよ、バカ。あんなにあからさまに妬いてたんだから、普通なら気づくだろ？」
「怒ってるんじゃなかったの……？」
「怒ってるっつーか、スネてただけ……愛梨が坂上とか芹沢と楽しそうにしてるの見て、焦ったっつーか。それに、いつの間にかノリって奴とも仲よくなってるし」

「そ、それは……」
　不可抗力っていうか。
「でも……あたしが好きなのは陽平だから」
　想いが伝わるようにと願いを込めて、陽平の背中に回した腕にギュッと力を込めた。
「お前……っんなことしたら、わかってるよな？」
「えっ……？」
　な、なにが……？
「俺だって……男なんだけど？」
　視線を感じて、ドキドキしながら陽平の顔を見あげた。
　抱きしめあったままだから距離も近くて、かなり恥ずかしくて頬も熱い。
　見たこともないような熱い眼差しに、心臓が飛びでそうなほどドキドキした。
　熱のこもった瞳に魅惑的な顔立ち。
　やっぱりイケメンだなって、カッコいいなって。
　こんな時なのにあらためて思っちゃうあたしは、ホントに大バカだ。
「キス……していい？」
「えっ……？」
　ええっ!?
　そ、そういうのって普通相手に聞くものなの？
　前は強引にしたくせに。
　そんなこと聞かないでよ。
　は、恥ずかしいんだからね……。

でもまだ、陽平からちゃんとした言葉を聞いてない。
「ムリ。もう待てねー」
痺(しび)れを切らした陽平の顔が近づいてきた。
「んっ……」
唇に落とされる熱い温もり。
陽平の唇は、ものすごく熱を帯びていて。
一瞬で全身が熱くなった。
あの時とは違う長めのキスに、ドキドキして翻弄されっぱなし。
陽平の唇は、いつまで経っても離れなかった。
や、ヤバいッ。
い、息が……！
クラクラしてきた。
「んーっ……！」
苦しくなったあたしは、陽平の背中をバンバン叩いた。
そこでやっと唇が離れて、いっぱいいっぱいになったあたしの顔を陽平が優しく覗きこむ。
ううっ。
反則だよ、その顔。
「夏休み……どうして深田さんと一緒にいたの？」
恥ずかしくて、うつむきながら陽平に尋ねた。
あの時、どうしてウソをついてまで会ってたのかすごく気になっていた。
「夏休み？　あー……あれは」
陽平は少し考えこむような顔を見せたあと、思い出した

のかすぐに言葉を続けた。
「深田の親父って、町内会のおえらいさんだろ？　今年は俺んちの親父が夏祭りの係に当たってて、祭りの準備とか出店の番を頼まれてたんだよ。けど、仕事で行けねーって言うから俺が代わりに出たんだ」
　えっ……？
「深田も親父の手伝いで来てて……頼まれて一緒に行ったり、帰りに送ったりはしたけど、それ以外はべつになんもねーし。あ、一回だけお詫びにお茶おごるって言われたから、ショッピングモールには行ったけど」
　そう、だったんだ……。
「ウソついたのは悪かった。深田がナイショにしてほしいって言うから」
　なんだ。
　そっか。
　そういうことだったんだ。
　あたしもちゃんと確かめればよかった。
　そしたらきっと、もっと早く誤解が解けたのに。
　あたしたちはたくさん遠まわりをしたね。
　でも、それはムダなんかじゃなかったって今なら思える。
「あのあと深田にもう一回告られたけど、ちゃんと断ったし」
「うん……」
　その時にきっと、深田さんは諦めるって決めたんだ。
　だから、教室にもパッタリ来なくなったんだね。

深田さんのウソに苦しめられたけど、本当のことを知れてよかった。
　だけど、まだ聞いてないことがある。
「あたしのこと……どう思ってる？　いい加減教えてよ」
　それを聞かなきゃ、やっぱりまだ安心はできなくて。
　女子だから、言葉がないとダメなんだ。
　陽平は観念したようにフッと笑ったあと、あたしの耳もとに唇を寄せた。
　その仕草にまた鼓動が速くなって胸がキュンと高鳴る。
　そんな陽平から目が離せない。
　好きっていう気持ちが胸の奥からどんどん溢れてくる。
「だから──」
　色気を含んだその声に、胸が締めつけられて苦しい。
　それはきっと……あたしだけの特別なもの。
　陽平だから。
　好きだからこそ、うれしくて締めつけられる。
「好きだって言ってんだよ」
　……っ。
　ありがとう。
　あたしたち、やっとお互い素直になれたね。
「あたしも……陽平が大好きだよ」
　だからさ。
　これからも、ずっとずっと一緒にいてね。

　　　　　　　　　　　　　　　　end

＊番外編 1＊
陽平×愛梨

たくさんの思い出

　陽平と付き合い始めて２週間が経った。
　あたしたちが付き合いだしたというウワサはあっというまに全クラスに広まって、廊下を歩けばたくさんの女子からヒソヒソ言われているのが手に取るようにわかる。
　ま、あれだけ女子にキャーキャー言われてた陽平だもんね。
　こうなるのは予想してたけど、こう毎日だといい加減うんざりというか嫌になってくる。
　人のウワサもなんとかって言うし、ずっと続くわけじゃないと思うから今はガマンするしかないと思って耐えているけど……。
「あの子でしょ？　三浦君の彼女って。えー、普通じゃない？」
「だよね?!　なんで深田ちゃんじゃないのかな。そっちのほうがお似合いなのに」
　陽平の彼女。
　あたし、今……陽平の彼女なんだ。
　言われた内容にグサッときたけど、いまだにあたしが陽平の彼女だっていう事実が信じられなくて夢の中にいるみたい。
「愛梨、言い返さなくていいの？」
「え？　なにが？」
　目の前には、なぜか眉を吊りあげたまりあのドアップ。

「あの子たちだよ！　愛梨が言い返さないのをいいことに、好き放題言ってくれちゃって。あたし、ちょっと言い返してくる！」
「ま、まりあ！　落ちついて」
　女子ふたり組のもとへ向かおうとするまりあの腕を両手で引っぱる。
「あたしは大丈夫だから。そもそも、あの子たちの言うとおりだし」
　そう。
　あの子たちはまちがったことは言ってない。
　実際にあたしも、深田さんとのほうがお似合いだって思ってたし。
「ダメ、許せない」
「ま、まりあ。ホントに大丈夫だから」
　興奮するまりあをなだめるように、ギュッとその腕にしがみつく。
　あたしのことに、あたしより怒ってくれる優しい親友。
　そんなまりあが、あたしは大好き。
「だって、愛梨が普通だなんて言われて黙ってられないよ。愛梨はかわいいのに！」
「ま、まりあ?!　ありがとう」
「あたしはいつでも愛梨の味方だからね」
　ギュッと抱きつかれたから、あたしもギュッとまりあを抱きしめ返した。
　まりあは細いから、まりあより身長の低いあたしの腕で

もすっぽり覆える。
　まりあがここまで言ってくれたおかげで、心がかなり軽くなった。
　やっぱり、まりあといると癒されるなぁ。
「お前ら、廊下のまん中でなにやってんだよ」
「あ、陽平君」
　──ドキッ
「愛梨と愛を確かめあってたの！」
「なんだよ、愛って」
　笑いを含んだ陽平の声が聞こえて、鼓動が早く大きくなっていく。
　不意にまりあの腕がゆるんだので、自然とあたしも腕をゆるめた。
　まりあから体を離して陽平に向きなおる。
　陽平はカバンを肩にかけて、帰る準備がすでに整っているようだ。
　相変わらず制服を着崩して、耳にはピアスが光っている。
　そのピアスは……そう、誕生日プレゼントにあたしがあげたもの。
　次の日から、陽平はつけてくれるようになった。
　それを見て、思わずニヤけちゃったことは陽平にはヒミツ。
　陽平はあたしと目が合うと、恥ずかしそうにそっぽを向いてボソッとつぶやく。
「ほら、帰るぞ」
「う、うん。カバン取ってくる！」

「ったく、早くしろよ」
「まりあはどうする？」
「晃君と約束してるから、気にせずに帰って。また来週ね！」
「わかった。土日の間にまた連絡するね」
　バイバイと挨拶を交わして、急ぎ足で教室にカバンを取りに行った。
　付き合いはじめてから変わったことといえば、こうして毎日一緒に帰るようになったこと。
　帰りにふたりで寄り道することが増えたこと。
　ドキドキが、前にも増して大きくなっているということ。
　それに加えて、陽平が優しくなったこと。
　たまにイジワルな時もあるけど、気持ちが通じあっているからなのか、なぜかくすぐったい気持ちになる。
　あたしって、ホント単純だな。
　恋って、不思議。
　単純な今の自分が、わるくないと思えるんだもん。
「さっき、なんか言われてた？」
　辺りがオレンジ色に染まる夕焼け空の下、隣を歩く陽平があたしに尋ねる。
「さっきって？」
「西澤が『言い返してくる！』とかなんとか言ってなかった？」
「あー……」
　聞かれてたんだ？
　どう言えばいいのかがわからなくて、とっさに黙りこむ。

こんなんじゃ、なにかあるって言ってるようなもんだよね。
「ほら、陽平はモテるからさ！　彼女があたしだと、ほかの女子は似合わないって思うみたいだよ。ははっ」
　笑いたくもないのに笑ってしまったのは、必死の強がり。
　どんよりした空気になるのが嫌で、軽いノリでなんでもない風を装った。
　重く取られても嫌だし。
「周りの奴の言うことなんて気にすんなよ」
「……うん、そうだね」
　そうなんだけど。
　気にしないように心がけてるけど。
　でも、どうしてだろう。
　言われた言葉が心の中に引っかかっているのは。
　似合わないって言われて、ショックだったのは。
　なんでだろう。
　あたしは陽平の彼女なんだから、なにを言われても堂々としていればいいはずなのに。
「愛梨？」
「え？」
　うつむいてしまったあたしの手に、大きくてゴツゴツした手が重ねられる。
　いきなりのことにビックリして、肩が大きく跳ねてしまった。
「んなビックリしなくても」
「ご、ごめん」

「や、いいけど」
　陽平の大きな手にギュッと包まれる。
　一緒に帰る時はいつも、陽平がさりげなく手を握ってくる。
　照れくさくて、ドキドキして、そわそわして落ちつかない。
　でも――。
　陽平の手は魔法の手みたいで、不安なあたしの心を優しく包みこんでくれているようだった。
　ずっと友達だった陽平と手を繋いで歩いているなんて、1年前には想像もできなかった。
　初めて知ったよ、1年間で人の気持ちってこんなにも大きく変わるということを。
「愛梨が不安になることなんかねーよ。誰がなんて言おうと、俺はお前だけだから」
「よ、陽平……どっかで頭でも打った？」
「はぁ？」
「いや、だって！　サラッと変なこと言うからっ」
　うれしかったけど素直に喜べなくて、思わずそんな風に言ってしまった。
　だって、陽平があたしを安心させるようなことを言ってくれるなんて思わなかった。
　それに、は、恥ずかしすぎるよ。
　『お前だけだから』とか、マンガの中のセリフみたいなんだもん。
　手まで繋いでるから余計に恥ずかしい。
　今、絶対にまっ赤だ。

「サラッとって……。これでも超真剣に言ったっつーの！」
　そう言いながら、陽平は繋いでいないほうの手で自分の髪をわしゃわしゃと掻きまわす。
　長年の付き合いだからわかるけど、これは照れている証拠。
　横目にちらちらとあたしを見て、あきらかに挙動不審。
　ガラにもないことを言ってしまったと思ってるに違いない。
　でも……。
「……ありがとう」
　うれしかった。
「俺、モテるけど愛梨以外はマジ興味ないから」
「ぷっ……！　モテることは否定しないんだ？」
「まぁ、ホントのことだし」
「自分で言わないでよ。ま、昔から『俺はモテる』って自慢してたから仕方ないか」
「そ、それは……お前に気にしてほしくて、ワザとだろうが」
「えっ……!?」
　ワザと？
「告白されるたびに愛梨に自慢してたのは、お前に妬いてほしかったからだよ」
「そう、だったんだ」
　気づかなかった。
　変わったことはもうひとつ。
　強がってばかりだった昔のあたしは、もういない。

少しずつ、ホントに少しずつだけど、素直に自分の気持ちを表現できるようになった。
　それは、陽平も同じ。
　イジワルばかりじゃなくて、こうして本音を言ってくれるようになった。
「つーか、愛梨はどうなんだよ」
「ん、あたし？　なにが？」
「ノリ……だっけ？　あいつと、たまにしゃべってんじゃん」
　なぜかスネたような目で陽平に見られる。
「え？　顔を合わせたら、挨拶するくらいの仲だよ」
　そうは言ったものの、陽平は全然納得していない様子。
　突き刺すような視線が痛いよ。
　見つめられすぎて、穴が開きそう。
「あいつ、今でもお前のことが好きなんじゃねーの？」
「え……？」
「全然諦める気なさそう」
「さ、さぁ……どうだろ」
　ノリから告白された次の日、ノリに聞かれて、あたしは陽平と付き合うことになったと報告した。
　そしたらノリは眉を下げた寂しそうな顔で、『よかったな』って笑ってくれたんだ。
　『俺とは友達な』と言われて、うんってぎこちなくうなずいた。
　だから、あたしたちは友達。

でも、陽平からするとおもしろくないのかな。
　うーん、でも。
　陽平と深田さんがあたしとノリみたいな関係だったら、なにもないって言われても、やっぱりちょっとは気になっちゃうかも。
　ノリは誰にでもフレンドリーで親しみやすいから、あたしもついつい友達として付き合っちゃう。
「愛梨って、昔から無防備だよな」
「そう、かな？　そんなこと……ないと思うけど」
　通学路に伸びるふたつの影を見ながら、ごにょごにょと語尾を濁した。
　陽平が言う無防備の意味が、いまいちよくわからない。
「俺が見張ってないと、フラフラどっか行きそう。小学校の遠足の時、よその学校の集団についていこうとしてたしな」
「うっ……！　あ、あれはミーコと同じリュックを背負った子がいて……髪型も似てたから。っていうか、よくそんな昔のこと覚えてるね」
　言われるまですっかり忘れてたから、思わず関心してしまう。
「いやいや、つい5年前の話だろ」
「そうだっけ？　そういえば、陽平が走ってあたしを探しにきてくれたっけ」
　懐かしいなぁ。
　今から5年前、まだまだ背が低くて、イジワルまっ盛り

だった陽平。

あたしを『アホりん』と名づけたのもこの頃だ。

当時、陽平のことが大嫌いだった。

関わりたくないのにイジワルばかりしてきて、よくミーコに泣きついてたっけ。

５年生の遠足の日、ミーコとトイレに行ったあたしは、ほかの子のうしろ姿をミーコとカン違いして、先にトイレから出ていったその子のあとを慌てて追いかけた。

でも途中で振り返ったその子を見て、別人だと気づいて……。

時すでに遅し。

集合場所をちゃんと確認していなかったあたしは、どこに行けばいいのかがわからずに迷子になってしまったのだ。

戻ろうにも、必死で追いかけてきたから道なんて覚えているはずもなくて。

このまま帰れないんじゃないかと、不安で涙が出そうになった時――。

『愛梨！』

陽平が来てくれたんだ。

いつもイジワルなのに、なぜかその時だけは真剣な表情を浮かべていて。

額にうっすら汗までかいて、走ったせいで髪の毛もかなり乱れていた。

「あの時、愛梨泣いてたよな」

「はぁ？　泣いてないし」

「ウソつくなって」
「つ、ついてない……！」
　うん、泣きそうになったのはホント。
　でも、ガマンした。
　だから、泣いてない。
　陽平を見て安心して、涙腺(るいせん)がゆるんだっていうのはあったと思う。
　さすがにあの時ばかりは、イジワルな陽平に感謝したっけ。
　ちょっとだけ、見直したんだよ。
「あん時、愛梨いなくてかなり焦った。俺が毛虫投げたから、どっかでスネてんのかと思ったんだ」
　思い出したように、陽平がクスッと笑う。
　イジワルな顔だ。
　でも今は、なぜかドキッとしてしまった。
　惚れた弱みってやつ？
　あれ、でも待って……。
　け、毛虫……？
「そうそう、毛虫投げられたんだよね！　あれはホントにありえなかった！　っていうか、思い出したらまたイライラしてきた」
「まぁ若気のいたりってことで許して」
　全然反省していないかのように、陽平はおもしろおかしく笑っている。
　毛虫を投げてくるとか、イジメに近いレベルだよね。
　なんか、うん。

思い返せば、ありえないことをたくさんされた気がする。
　それも今となっては……。
「いい思い出……になんて、なるかーい!!　やっぱ許せない！」
「まぁまぁ」
「あの時、陽平が毛虫を投げてきたから、ミーコと一緒にトイレに避難したんじゃん……！　迷子になったのは陽平のせいだ」
　迷子になったことへのインパクトが強すぎて、毛虫のことなんかすっかり忘れてた。
　そもそも、陽平が毛虫を投げてこなかったら迷子にはならなかったんじゃ……？
「うわっ、陽平を見直したあの時の自分を殴ってやりたい」
「わるかったって。さすがに俺も、あれはちょっとやりすぎたって反省した。だから、必死になって愛梨を探したし。でも毛虫を投げさせたのは愛梨だからな」
　はぁ？
　あんなことをしておいて、よくそんなことが言えるよね。
　呆れてなにも言い返せずにいると、スネたような目でじとっと見られてしまい、あたしは眉をひそめる。
「クラスの男と、仲よく弁当のおかず交換なんかしてるからだろ」
「え？」
　そんなこと、したっけ？
　思い出そうとしてみても、なにも思い出せない。

それにしても、陽平ってそんな昔からあたしのことを好きだったの……？
　仲よくおかずを交換してたからって、あきらかにヤキモチだよね？
　うれしいような、うれしくないような。
「それにしても、毛虫はない。今後はしないでよね」
「さぁ、わかんねー」
「投げる気!?」
　わかんねーってなんだ、わかんねーって。
　高校生にもなって、毛虫なんて投げるわけ？
「はは、冗談だっつーの。さすがにそれはないだろ」
「だよね、よかった」
　ホッと胸を撫でおろす。
　あれ？　結局、どういう話だっけ。
　迷子になった時に、陽平が探しにきてくれて安心したって話？
　毛虫のことがなかったらいい話だったのに、これじゃ台なしじゃん。
　ま、いっか。
「ねぇ！　このあと、ヨモギプリン買って陽平の家で食べようよ。もちろん、陽平のおごりね」
「ヨモギプリン？　しかも、俺のおごりかよ」
「あたしは優しいから、毛虫のことはそれでチャラにしてあげる」
「今さら感満載だな」

ぷっと小さく噴きだす陽平。
　夕日に照らされたオレンジ色の横顔が、悔しいほどにカッコいい。
　それを見て、ドキドキしてるあたしはバカかな。
　どうでもいいようなことで妬く陽平も、かわいいって思っちゃってる。
　それにしても、毛虫はないけど。
「それで愛梨が許してくれるなら、ヨモギプリンに付き合ってやるよ」
「ぷっ、陽平だってホントは好きなくせに」
「まぁ、な。ヨモギプリンもだけど、愛梨のことも」
「なっ……」
　ドキッとして、恥ずかしそうに頬を掻く陽平の横顔を思わず見あげる。
　ぎこちなく視線をそらした陽平は、照れているのか「あんま見んな」とそっぽを向いてしまった。
「へ、変なこと言わないでよ」
　急に……ビックリするじゃん。
　それに……恥ずかしいじゃん。
　でも、うれしい。
　なんだか、くすぐったい気持ちでいっぱいになる。
　それは、昔と今じゃ陽平に対する気持ちが違うからだよね。
「変なことじゃねーよ」
「え？」
「本音を言ったまでだから」

「……っ」
　うっ、あらたまって言われると余計に恥ずかしい。
「今までイジワルした分、今度からはちゃんと気持ちで返していくから」
「きも、ち？」
　疑問に感じながら顔を上げると、真剣な表情の陽平と目が合う。
「ちゃんと……好きって伝えるってことだろ。わかれ、バカ」
「ちょ、ちょっと」
　こっちを見んなというように、陽平の手が目の前に迫ってきたかと思うと、髪の毛を思いっきり掻きまわされた。
「そ、そういうことは、もうしないんじゃなかったの？」
「うっせー、愛梨がバカだからだろ」
　そう言った陽平はいつものイジワルな顔じゃなくて、愛しいものを見るような温かい笑顔だった。
「なに笑ってんだよ」
「だって、陽平がいつもと違うんだもーん！」
「おま、俺だって変わろうと頑張ってんだよ」
　ムキになって言い返してくる陽平がかわいい。
　かわいいなんて言ったら余計にムキになるだろうから、言わないけど。
「陽平ってめちゃくちゃわかりやすいよね」
「それに気づかなかったのは、どこの誰だよ」
「だ、だって！　あんな風にイジワルされまくってたらわ

かんないって!」
「バカだからだろ」
「なっ、ひどい」
「ま、そんなところも好きだけど」
　な、なんか陽平、キャラ変わりすぎてない?
　サラッと『好きだけど』なんて……。
　恥ずかしすぎて思わずうつむくと、握られているほうの手にギュッと力が加わった。
「愛梨は?」
　熱を帯びたような低い声に鼓動が高鳴る。
「愛梨は俺のこと……いつ、好きになった?」
「ええっ……!?」
　いきなりそんなことを聞かれても……。
　恥ずかしすぎて陽平の顔を直視できない。
　いつ好きになったかなんて、そんなの本人に言えるわけないよ。
　どう答えたらいいかわからなくて、あたしはうつむいた。
「すっげー気になるんだけど」
「は、恥ずかしすぎて言えるわけないし」
　今が夕暮れ時でホントによかった。
　明るかったら、このまっ赤な顔を見られて、余計に恥ずかしくなっていたところだもん。
「俺は聞きたいんだけど」
「……っ」
　こうなったら、陽平は聞くまでしつこい。

恥ずかしいけど、素直に言うしかないのかな。
「はっきり好きだって気づいたのは、花火のちょっと前……かな」
「え？」
「でも、それより前から好きだったんだと思う」
　頬がカーッと熱くなる。
　素直に伝えるって、ホント照れくさいよ。
「つーか、全然気づかなかった……」
　ポツリとつぶやいた陽平の声は、どこか照れくさそうでもあり、うれしそうでもあり。
　胸の奥がくすぐったい。
「よ、陽平は？　いつからあたしを好きだったの？」
　あたしばかり恥ずかしい思いをするのは癪なので、今度は陽平に尋ねる。
「俺のことはいいだろ。ほら、ヨモギプリン買おうぜ」
　タイミングよく着いたコンビニの前で、陽平は話を遮るようにあたしの腕を引きながら言った。
「えー、あたしにだけ言わせるとか卑怯だし」
　軽く抵抗するけど、グイグイと腕を引く陽平の力にはかなわない。
「俺のことはいいんだよ。あんまりしつこいと、ヨモギプリンなしだぞ」
「それはやだ！」
「じゃあそれ以上は聞くな」
　スイーツ棚の前で、そっぽを向いてしまった陽平の横顔

が赤いような気がするのは気のせいかな。
　とりあえず深く突っこむのはやめにして、次の機会を狙うことにした。
　買い物をしてコンビニを出たら、そのまま陽平の家へ直行。
「あらー、愛梨ちゃん！　いらっしゃい」
「お邪魔します」
　ニコニコ顔のおばさんにあたしも笑顔で挨拶する。
　やっぱり好きだなぁ、おばさんの雰囲気。
「汚いところだけど、ゆっくりしてってね」
「ありがとうございます」
　ペコッとお辞儀をして家に入り、そのまま階段を上って陽平の部屋へ。
　なにも考えずに家に行きたいなんて言ったけど、やっぱり少し緊張する。
　ガラステーブルの前に腰を下ろすと、陽平は向かい側じゃなくてあたしの隣に座った。
　そして、ヨモギプリンを渡してくれる。
「ん」
「ありがとう」
　受け取ってフタを開けると、ヨモギのいい匂いが漂ってきた。
「おいしそう！　いただきまーす」
　スプーンですくって口に入れると、大好きな味が広がって自然と頬がゆるむ。
　うーん、これこれ。

おいしすぎるでしょ！
「ぷっ」
　ひとりで幸せを嚙み締めていると、隣から噴きだす声がした。
「愛梨って、マジで幸せそうな顔して食うよな」
　クスクス笑われて、がっついたことが恥ずかしくなる。
「だって、おいしいんだもん」
「かわいい」
「……うっ、げほっ」
　か、かわいい……？
「愛梨のそういうとこ、すっげーかわいい」
「なっ」
　思わず隣を見ると、陽平がまっすぐにあたしを見て頬を赤く染めている。
　それを見て、あたしまでドキドキしてきた。
「キス、していい？」
「……っ」
　甘いムードに慣れていないせいか、反応に困ってしまう。
　ど、どうしよう。
　付き合いはじめてから、陽平とは何度かキスしている。でも初めてじゃないとはいえ、あらたまって聞かれると恥ずかしすぎて答えられない。
「愛梨」
　なにも言えずにいると、陽平の手があたしの頬に優しく添えられた。

もう片方の手で腰を掴まれ、陽平のほうに引き寄せられる。
　熱のこもった瞳と耳に響く低い声に、心臓がドキドキしすぎて破裂してしまいそう。
　ゆっくり上を向いて陽平を見ると、だんだん距離が縮まってきて、あっという間に目の前まで迫ってきた。
「んっ」
　ゆっくり重なった唇。
　熱くて、照れくさくて、ドキドキして、尋常じゃないくらい鼓動が鳴っている。
　恥ずかしいけど幸せで、こうしていると温かい気持ちで胸が満たされていく。
「ぷっ、赤くなりすぎな」
　唇を離すと、陽平はまっ赤になっているあたしを見て噴きだした。
「だ、だって……」
　顔が見れない。
　陽平との間に甘いムードが漂っているなんて、なんだかまだ慣れなくてそわそわしちゃう。
「そんなに俺のことが好き？」
「なっ、なに、言ってんの……！」
「じゃあ、嫌い？」
　急にトーンが低くなった陽平の声に顔を上げると、陽平は眉を下げて寂しげに笑っていた。
「す、好き……」
「ん？　なんて？　聞こえなかった」

「す、好き……！」
「俺、耳遠いから聞こえねー。もう一回」
　いやいや、絶対聞こえてるでしょ！
　こんなに何度も言わせるなんて、陽平はやっぱりイジワルだ。
「早く言わねーと、愛梨のヨモギプリン没収な」
　なっ！
「だから……好きだってば！」
「はは、よっぽどヨモギプリン没収されたくねーんだな」
　なんて言いいながらも、陽平はうれしそうに笑ってる。
　だから、よしとしよう。
「けど、絶対俺のほうが愛梨を好きだから」
　本日、何度目かわからないドキドキがあたしを襲う。
　陽平って付き合ったら変わるタイプだったの？
　長い付き合いだからなんでも知った気になっていたけど、まだまだ知らない顔がたくさんあるみたい。
「8年越しの想いだからな」
「は、はち、ねん？」
　ウソ！
　そんなに昔からあたしのことを……？
　8年前っていったら、8歳の時からってこと？
　知らなかった。
「小学校の2年で初めて同じクラスになっただろ？　俺のうしろの席に愛梨が座ってて」
「あー、そういえばそうだね」

「同じクラスになったその日、愛梨に肩をポンポンって叩かれて。『今日からよろしくね』ってニッコリ笑って挨拶された。その笑顔にドキドキして、気づいたら好きになってたんだよ」
「そ、そうだっけ？ あたし、そんなことしたっけ？ 全然覚えてないや」
　思えば、それからしばらくして、イジワルされるようになったっけ。
「…………」
　じとっと見られてしまい、罪悪感が募る。
　それにしても、ホント陽平って昔のことをよく覚えてるよね。
「愛梨は薄情だよな。なんでもすぐに忘れやがって」
「仕方ないじゃん、あの時は陽平のことが嫌いだったんだし」
　ダメだと思いながらも、スネた言い方をする陽平がかわいくて思わず笑ってしまう。
「でも、そんな昔から好きでいてくれてうれしい。ありがとう」
　あたしは、そんな陽平が大好きだよ。
　これから先、いろんなことがあると思うけど、ふたりで乗り越えていこうね。
　まだまだ陽平のいろんな顔を見てみたい。
　あたしのことも、今まで以上に知ってほしい。
　ゆっくりでいいから、ふたりで歩んでいこうね。

番外編 2
深田さん×???

さよなら恋心

　あたし、深田美希(みき)は18歳の高校３年生。

　今から２年前、中学の時からずっと片想いしてた陽平君に彼女ができた。

　猛アタックをしたり、『付き合っている』とウソをついて吉崎さんを傷つけたりもしたけれど。

　最終的にあたしは、陽平君の幸せを願って身を引いたんだ。

　当時はつらくて苦しくて、隠れてたくさん泣いたけれど、２年も経てば陽平君への想いは徐々に風化していった。

　今でも吉崎さんとふたりで歩いている姿を見るのはつらいけど、陽平君が笑っているならあたしも幸せ。

　ちゃんと告白してキッパリ振られたし、後悔はしてないんだ。

　うん、そう思えるようになったってことは、あたしも成長してるってことだ。

「美希ちゃん、俺と付き合って！」

　帰り際、昇降口で靴を履いているとうしろから肩を叩かれた。

　いきなりこんなことを言う人は、あたしの知るかぎりではひとりしかいない。

　彼の言う『付き合って』は、これからどこかに行こうっていう意味じゃない。

恋人として……『付き合って』ってこと。
　こうも毎日言われると、もう日課のようになってしまって本気とは思えなくなった。
　1年前から、ずっとだもん。
「ムリだよ」
「うわー、今日も玉砕かー。つらー！」
「…………」
　振り返ることなく、あたしはその場をあとにする。
「待ってよ、せっかくだから一緒に帰ろう。俺、いいもん持ってるよ」
「あたし、寄るところがあるから」
「俺も付き合うって」
「…………」
　ヘラヘラと笑いながらあたしの隣に並んだのは、同じクラスのお調子者男子の坂上君。
　2年で初めて同じクラスになって、なぜかそこで懐かれてしまった。
　3年になった今も、同じクラスで隣の席。
　坂上君はなんだかんだ授業中に話しかけてきたり、『教科書見せて』攻撃を1日に1回は必ずしてくる。
　坂上君は陽平君の親友だけど、チャラチャラしていてノリが軽い。
　ノリだけじゃなくて見た目もだから、本気であたしに構っているとは思えない。
　『付き合って！』なんて言うのも、もはや挨拶みたいな

ものだと思う。
　でも……坂上君は優しい。
　クラスで浮いている人がいたら仲間に入れるし、人の悪口は絶対に言ったりしない。
　いつでも明るくて、ニコニコしてて、クラスのムードメーカー。
　最初に懐かれた時、実はほんの少し警戒してたところもあったけど、無邪気に笑う坂上君を見ていたら心にあった壁はいつのまにかなくなっていた。
　親しみやすくて、一緒にいるとなんだかんだで笑わせてくれる。
　実際、陽平君のことで落ちこんでいた時、無邪気で明るい坂上君にかなり助けられた。
　今では普通の友達。
　そう……友達。
「美希ちゃんって、まだ陽平に未練あんの？」
「坂上君には関係ないでしょ」
　こういうデリカシーがないあたり、坂上君は女心をまだまだわかってないなと実感する。
「関係あるよ。俺、美希ちゃんのことが好きだし」
「はいはい」
　ヘラッと笑って言うことじゃないし、何事もないようにサラッと言うのもやめてほしい。
「美希ちゃん美希ちゃん！　これ、なーんだ？」
　あたしの目の前にスッと差し出されたのは、なにかのチ

ケットのようなもの。
「え？　あ、ケーキバイキングのタダ券……？」
「ピンポーン！　美希ちゃんの用事が終わったら、ふたりで行かない？」
　そして、こんな風にシレッと話題を変えるのは彼の得意技。
　こんな風にすぐ話をそらされるんだから、『好き』って言われても信じられるわけがない。
　坂上君はうれしそうにニコニコ笑って、とても楽しそう。
「仕方ないなぁ。いいよ」
　ケーキにつられるあたしもあたしかな。
　ホントは図書館に行きたかったけど、でもまぁ、今日くらいはいっか。
「やった！　美希ちゃんとの初デート！」
「デートじゃないからっ！」
　無邪気に笑う坂上君に反論する。
　そこだけはきっちり否定しておきたいところ。
「えー、俺にとってはデートだから」
　それでもうれしそうな坂上君に、なぜだかわるい気はしなかった。

「美希ちゃん、俺もうギブ」
「あはは、何個食べたの？　そんなに食べた人、初めて見たんだけど」
「んー、15個ぐらい？　俺もう当分甘い物いらねー」
　お腹をさすりながらテーブルにうつぶせになる坂上君。

「そんなに食べるからじゃん。何事もほどほどが一番だよ」
　あたしは思わずクスクス笑ってしまった。
「いいんだって、美希ちゃんが笑ってくれればそれで。15個食った甲斐があるってもんだ」
「な、なに言ってんの」
「美希ちゃんは笑ってる顔が一番かわいい」
「へ、変なこと言わないで！　ケーキ取ってくる」
　あたしは赤くなったのがバレないように、お皿を持って立ちあがった。

　ある日の放課後。
　調子のいいことばかり言う坂上君をいつものように適当にあしらいながら校門を出たところで、陽平君と吉崎さんに遭遇した。
「ちーっす、陽平！」
「おう」
　相変わらずカッコいい陽平君は、坂上君を見たあとあたしに視線を向ける。
　目が合って、鼓動が大きく飛び跳ねた。
「久しぶり」
「あ、うん……」
　ニコッと笑ってくれた陽平君に、あたしはぎこちなく微笑み返す。
　顔、赤くなってないかな。
　やだな、陽平君の隣には吉崎さんもいるのに。

動揺してるのがバレたくない。
　それに、ちょっと気まずい。
　３年生になった今、ふたりとはクラスが別々。
　ふたりが仲よくしている姿を見なくてすむから、それだけが唯一の救いだった。
「じゃあ、あたしはこれで」
　これ以上同じ空間にいたくなくて、あたしはその場から逃げるように離れた。
　陽平君に未練があるわけじゃないけど、一緒にいると好きだった頃のことを思い出して胸が苦しくなる。
　いい思い出にできつつあるのに、こうして向かいあうとまだダメだ。
「おーい、歩くの早すぎな。ちょっと待ってよ」
「待たない。っていうか、まだしゃべっててよかったのに」
「なんで？」
　キョトンとした顔であたしを見る坂上君。
「今は……ひとりになりたいの」
「俺はひとりにしたくない」
　いつになく真剣な坂上君の声。
　こういう時だけ真顔になるのは反則だよ。
　まるで、あたしの気持ちを全部見透かしているかのよう。
　いつもはヘラヘラしてるくせに、なんなのよ。
　そんな坂上君にドキドキしてるあたし自身も、なんなのよ。
　ホント……ありえないから。
「あたし……帰る」

「ちょ、待ってよ」
　グッと腕を掴まれて、踏みだそうとした足が止まる。
「やだ！　離して」
「ごめん、ムリ」
　力強くグッと掴まれたままの腕に、全神経が集中する。
　このシチュエーションにドキドキしてるなんて、なにかのまちがいに決まってる。
「からかうのもいい加減にしてよ。坂上君って、いっつもヘラヘラしてるから、なに考えてるかホントにわかんない」
「いいのかよ？」
「へ……？」
　なに、が……？
「真剣にぶつかっても……いいのかよ？」
　切羽詰まったようなその声は、普段の坂上君とは似ても似つかない。
「な、なに言ってんの。変なこと言わないで！」
　あたしは勢いよく腕を振り払うと、そのまま坂上君の顔も見ずに駆けだした。

　次の日から、坂上君は前よりもあたしに絡んでくるようになった。
「美希ちゃん」
「ごめん、先生に呼ばれてたんだ」
「え？　ちょ」
　坂上君が呼び止める声をスルーして、慌てて教室から飛

びだす。
　追いかけることには慣れてるけど、その逆はまったく免疫がないから戸惑ってしまう。
「今日、寄り道して帰んない？　おいしいケーキ屋見つけたんだけど」
「ごめん、都合がわるいの」
　放課後のお誘いも、今までのようにキッパリ断る。
「じゃあ、いつなら空いてる？」
　それでも、坂上君は引き下がらない。
「ごめん、もう時間ないから！　バイバイ！」
　あたしはそのまま勢いよく教室を飛びだした。

　次の日——。
　教室に入ると、坂上君はすでに来ていた。
　顔を合わせにくかったけど、きっと坂上君は普段どおりだと思うから普通にしよう。
　現に、今も友達と楽しそうにはしゃいでるしね。
　これまでのことは、もう忘れる。
　きっと冗談に決まってるんだから。
　とくになにも話さないままチャイムが鳴って、担任の先生が入ってきた。
　そして、1時間目が始まる直前。
「美希ちゃん、教科書見せて？」
　わるびれもせず、坂上君が呑気にそんなことを言ってきた。

「…………」
　無言で机をくっつけ、まん中に教科書を置く。
　そしてあたしは、素知らぬ顔でノートを開いて、シャーペンを握った。
「俺、いっつもヘラヘラしてるけど……好きな子にしか好きって言わないし、しつこく話しかけたりもしない」
「…………」
　ひとりごとのように、ポツポツ話しはじめる坂上君。
　言っておくけど、今は授業中だ。
　チラッと横顔を盗み見たけど、坂上君は前を向いたままだった。
　おまけに、シャーペンをくるくる回して遊んでいる。
　ありえない。
　気を取り直してシャーペンを握りしめ、ノートに書きこもうとしたその時——。
「マジメにぶつかっても、美希ちゃんは引くと思ったから。だから、今まで冗談っぽくしか言えなかった。それに、陽平に未練があることも知ってたし」
「…………」
「まっすぐ陽平にぶつかる美希ちゃんを見てたら、かわいいなって思うようになって……。気づいたら好きになってた。あんな風にまっすぐ美希ちゃんに想われたら、幸せだろうなって」
「…………」
　ちらちらと視線を感じたけど、坂上君のほうを見ること

ができない。
　冗談で言ってるんじゃないってことは伝わってきた。
　初めて聞かされた坂上君の気持ちに、あたしは戸惑う一方だった。
　それに……このドキドキはなに？
　この感覚はよく知ってる。
　陽平君を好きだった時のドキドキにそっくりだ。
　まさか……あたしが坂上君を好きだとでも？
　な、ないない！　絶対にない！
　陽平君以上に好きになれる人なんて、いないもん。
　その空気に耐えきれなくなったあたしは、チャイムが鳴って授業が終わると足早に教室を出た。
　そのままひと気のない非常階段まで移動して、ひと息つく。
　なんだかもう、頭がパンクしそう。
「美希ちゃん！」
　階段下から名前を呼ばれて鼓動が跳ねる。
　そこには息を切らした坂上君が立っていた。
「な、なに？」
「さっきの返事」
「だ、だって……冗談なんでしょ？」
「はぁ？」
　う、だって。
「今までの彼女にも、なに考えてるかよくわかんないって言われてきたけど……俺、冗談で好きとか言ったりしないから」

肩で大きく呼吸をしながら、坂上君はあたしの隣に腰を下ろした。
　その瞬間、半身が熱くなって落ちつかなくなる。
「1年の終わり頃から、ずっと美希ちゃんが好きだった。大事にするって約束するから、俺と付き合ってほしい」
　坂上君の真剣な声が胸に響く。
　坂上君のまっすぐな気持ちがスーッと心に入りこんできて、やけに熱くて苦しい。
「ごめん。今……付き合うとか考えられない」
　声が震えた。
　手が小さく震えているのもわかって、もう片方の手でギュッと握りしめる。
「あたし……都心にある国立の大学に行くために、必死で受験勉強してるの。受かったら、地元を離れてひとり暮らしをすると思う。ここから新幹線で3時間もかかる場所だよ」
　坂上君は地元の大学に進学するって、この前クラスの男子と話しているのを聞いてしまった。
　遠距離はあたしにはつらすぎるから、ムリだよ。
　ずっと想っていられる自信もない。
　離れても好きでいてもらえる自信なんて、もっとない。
「美希ちゃんの気持ちは？　俺のこと、どう思ってんの？」
「…………」
　自分でもよくわからない。でも、このドキドキはもしかしたら、そういうことなのかもしれない。

でも言わない。
　ううん、言えない。
　言ったらきっと、取り返しがつかなくなる。
「友達……だよ」
　だからあたしは、ウソをついた。
　まっすぐに陽平君を想っていた頃のあたしは、もういない。
　今はどうしても、先を見据えて考えてしまう。
「そっか、困らせてごめん。もう、しつこくしないから」
　そう言うと、坂上君は立ちあがって階段を下りていく。
　やけに寂しそうなその背中を見ていると、胸の奥から熱いものが込みあげてきた。
　これでよかったんだよね……これで。
　もう、楽になれるよね？
　考えることも、ないよね？
　その日はなんだかずっと上の空だった。

　それからは毎日毎日受験勉強に明けくれ、わざと坂上君のことを考えないようにした。
　あれ以来ぎこちなくなって、おまけに席替えで席も離れたから、関わることはほとんどなくなってしまった。
　寂しいだなんて、思うはずないよ。
　これで勉強に専念できる。
　打ちこめる。
　そう思っていたはずだった。
　それなのに——。

ちらちら気にしてしまうのはなんでだろう。
　坂上君が笑っている姿を見るたびに、やけに苦しくて胸が熱くなるのはどうして？
　話せなくなって、胸を痛めているあたしがいる。
　話したい。
　笑いあいたい。
　どうして……そんな風に思うの？
　その答えは、自分でも驚くほど簡単だった。
　だって、あたしは坂上君のことが好きだから。
　だから苦しい。
　だからつらい。
　友達だってウソをついてしまったこと、ホントはすごく後悔したんだ。
　でも、今さらホントの気持ちは言えないから、この気持ちにはさよならをしよう。
　どうせ遠距離になってダメになっちゃうくらいなら、最初から友達でいるほうがいいに決まってる。
　だからあたしは、伝えないまま想いを捨てることに決めた。
　陽平君への気持ちが風化していったように、坂上君への気持ちもいつかは風化する。
　時間の流れが解決してくれる。
　だから、今はどれだけつらくてもガマンする。
　ガマンしなきゃ……。
　そう思うのに、卒業が近づくにつれて、ホントにこれでいいのかと自問自答する日々が続いていた。

「おめでとう」
「え?」
　放課後、職員室に寄ってから教室に戻ると坂上君が声をかけてきた。
　いつも一緒に帰ってる友達の姿は見当たらない。
　というより、教室にはあたしと坂上君以外誰もいなかった。
「国立大、受かったんだって?」
　昔からずっと変わらない無邪気な坂上君の笑顔に、胸が締めつけられて苦しい。
　この笑顔も、あと何回見れるかな。
「あ、うん……ありがとう」
「俺は地元の大学に受かったよ」
「そうなんだ。おめでとう」
「サンキュー」
　意識してるのは、きっとあたしだけ。
　坂上君を前にして、こんなにもドキドキしてるのはあたしだけ。
　坂上君はもう、なんとも思ってないはず。
　友達宣言したのはあたしなのに、悲しくなるなんて矛盾してるよね。
　そう思ったら、なんだか泣けてきた。
　涙がこぼれ落ちないように、必死に唇を噛み締める。
「あと1ヶ月で卒業とか、信じらんないよな」
「そう、だね」
「明日から自由登校だけど、学校くる?」

「……こないよ」
「だよなー、俺も」
　ヘラヘラする坂上君を横目に見て、自分の席に足を運んでカバンを持ちあげる。
　もう帰ろう。
　一緒にいても、つらいだけだ。
　自由登校になって、会わなくなればきっと大丈夫。
　今ならまだ、取り返しがつく。
「待って、最後くらい一緒に帰ろう」
「なんで？」
「いや、なんでって……。相変わらず嫌われてるなぁ、俺」
　肩をすくめて苦笑する坂上君の本心が見えない。
　なにを考えているのか、全然わかんないよ。
　それにあたしは、嫌ってるんじゃない。
　むしろ、その逆。
　これ以上一緒にいたら、気持ちを抑えられる自信がなくなる。
「最後くらい、俺のワガママ聞いてよ」
「……っ」
　最後……。
　卒業したら、もう会えない。
　ホントにそれでいいの？
　あたしは遠くに行っちゃうんだよ？
　簡単には会えなくなるんだよ？
　そんなの……嫌だよ。

「……聞かない」
「うわ、冷たー！　さすがに、俺も傷つくんすけど。でもまぁ、嫌われてるのはわかってたから。じゃあな」
　坂上君はひらひらとあたしに手を振って、教室を出ていく。
　少しだけ傷ついた顔をしているように見えて、胸が痛んだ。
　待って、違うの。
　ホントはあたし、坂上君のことが……。
　追いかけようと思ったけど、足が鉛のように重くて動かない。
　そうこうしている間にも坂上君は離れていくのに、どうしても追いかけることができなかった。
　どうしてうまくいかないんだろう。
　好きなのに、それを伝えることができないなんて。

　それから1ヶ月が過ぎ、卒業式当日を迎えた。
　予行演習で何度か学校に来たけれど、坂上君とは軽く挨拶をするくらいで、まともに話してない。
　卒業式が終われば、ホントにもうさよならだ。
「あ、深田さん」
　式が始まる前、トイレで吉崎さんに会った。
　吉崎さんはぎこちないながらも、「久しぶり」と笑顔をくれる。
「国立大に受かったんだよね？　おめでとう」
「ありがとう。吉崎さんは、卒業したらどうするの？」
「あたしは、理学療法士になるための専門学校に行くんだ」

キラキラと目を輝かせて、うれしそうに笑う吉崎さん。
「陽平君とは、離れ離れになるの？」
「え？」
　吉崎さんは一瞬だけ目を見開いて驚いてみせた。
　きっと、あたしに聞かれるとは思ってなかったんだろう。
　もし陽平君への気持ちが残ってたら、知ってもつらいだけだから、あたしも聞いたりしなかった。
　でも、今はもう陽平君のことは過去にできたから。
　吉崎さんと陽平君のことを純粋に応援してるから、思わず聞いてみた。
「うん、離れ離れになるよ。陽平は地元に残るけど、あたしは家を出るの。でも、不安はないかな」
「そう。なら、よかった。末永く、お幸せに」
「ありがとう！　深田さんは、新しい恋してる？」
「うん、まぁ……」
　胸を張って言えるほど、行動に移していないけど。
「そっか！　深田さんなら大丈夫！　あたし、応援してるからね！」
「うわ、吉崎さんに応援されたくなーい！」
「えー、なんで？」
　あたしたちは、どちらからともなく顔を見あわせて笑いあった。
　吉崎さんと笑いあえる日がくるなんて、ウソみたい。
　あたしたち、いい友達になれたかもね。
　このまま卒業しちゃうのは寂しいけど、またいつかどこ

かで会えたら、今度は仲よくできるかな。
　教室に戻ると、すぐに体育館に移動することになった。
　この３年間、ホントにいろんなことがあったな。
　式はまだ始まってもいないのに、なんだかもうすでに泣きそう。
　意外と涙脆いんだよね、あたし。
「美希ちゃん、目ぇ赤いけど」
「さ、坂上君……！」
　廊下に並んで歩いていると、急に坂上君が顔を覗きこんできた。
　こんな時でも相変わらず、坂上君は坂上君だ。
　卒業式だっていうのに、茶髪にピアスまでしちゃってるよ。
　こんな時くらい、ちゃんとしてもいいのに。
「泣いてんの？」
「最後なんだなって思うと……悲しくて」
「だよなー。俺も……泣いちゃうかも」
　冗談めかして笑う坂上君に胸を打たれる。
　嫌だ……嫌だよ。
「最後になんて……したくないっ」
　もう、涙をこらえられなかった。
　とめどなく溢れて、次々と頬を伝って落ちていく。
「さ、がみくんが……好きっ。好きだ、よ……っひっく」
　溢れる想いを止められない。
　今までずっと押さえつけてきた心の声を、どうしても坂上君に伝えたい。

「好き……なの」
「え？　ちょ、美希ちゃん……？　いきなりどうしたの？」
　泣いてるあたしを見て、血相を変えてテンパる坂上君。
　あたしは、そんな坂上君の腕を掴んでギュッと握った。
「好き……なのっ。ホントはずっと……好き、だった」
　嗚咽が漏れてうまく話せない。
　でも、どうしても伝えたい。
　やっぱり、このままなかったことにするのは嫌だ。
　恋心にさよならなんてしたくない。
　坂上君への想いを、伝えないまま消してしまいたくない。
　このまま……もう会えなくなるなんて嫌だよ。
「ねぇ……好き」
「やべ。かわいい」
　そんな声があたしの声を遮った。
　掴んでいた腕を引っぱられて、あたしはあっという間に坂上君の腕の中へ。
「ちょ、さ、坂上君……っ？」
「俺も……好きだよ」
　抱きしめられたまま髪の毛を撫でられて、優しい手つきに涙が徐々に引いていった。
　心臓の鼓動が加速していく。
　絶対今、まっ赤だよ。
「俺、美希ちゃんに友達宣言されてから諦めようとしたけどムリで……ずっと好きだった」
「あたしも……友達だなんて言っちゃったけど……ホント

は好きだった」
　もうウソはつかない。
　つきたくない。
「どれだけ距離があろうと、俺バイトして金貯めて会いに行く。寂しかったら、毎日だって電話もする」
「うん……っ」
「落ちこんでたら励ますし、美希ちゃんの笑顔を守れるように頑張るから」
「うん……」
「俺と付き合ってください」
　そう言われた途端、堰を切ったように涙が溢れた。
　声にならなくて、返事の代わりに坂上君の体をギュッと抱きしめ返す。
「はは、かわいい」
「……っ」
「マジで、美希ちゃんには敵わないな」
「……好き」
　いつもヘラヘラしてて、なにを考えているのかわからない坂上君だけど。
　あたしは、そんなあなたがたまらなく好きだよ。
　きっかけはわからないけど、いつもその無邪気な笑顔に助けられていた。
　つらくてもここまでこられたのは、まちがいなく坂上君のおかげ。
　だから今度は、あたしが坂上君を笑顔にしてあげたい。

「あたしも……お金貯めて、帰ってくるね。メールも電話もたくさんする。毎日……坂上君のことを想って頑張るから」
「はは、うん」
　ギュッとさらにキツく抱きしめられた。
　ドキドキして落ちつかない。でも、今とっても幸せ。
　これからいろんなことがあるかもしれないけど、あたしたちはきっと大丈夫だよね。
　もし坂上君の気持ちが離れていきそうになったら、猛アタックしてもう一度振りむいてもらえるように頑張るね。
　坂上君のためなら、頑張れる。
「おーい、お前ら。お取りこみ中のところわるいけど、今から式だってこと完全に忘れてるだろ？」
「「え？」」
　ハッ。
　そ、そういえば！
　我に返って、赤面する。
　廊下のまん中で堂々と抱きあっていたあたしたちは、クラスメイトや同じ学年の人からかなりの注目を集めている。
　しかも、先生にまで見られちゃってるし！
　や、やばい。
　頭がいっぱいで、周りの目なんて気にしてなかった。
　今さらながらに恥ずかしさが込みあげる。
　みんなの前で、泣いて好きって言いまくっちゃった……。
「すげーよな、俺もあんな風に告白されたい」

「っていうか、あのふたり、めっちゃお似合いじゃない?」
「あたし、なんだか感動しちゃった!」
　——パチパチパチパチ
　どこかから拍手がわき起こり、それは次第にみんなに伝染していった。
　周りはみんな祝福モードで、感動で目を潤ませている人もいる。
　その中に、吉崎さんと陽平君の姿も見つけてしまった。
　吉崎さんはうれしそうに拍手してくれていたけど、陽平君は呆れたように笑ってる。
　うわー、見られてたよね。
　は、恥ずかしい……。
　坂上君は臆することなく笑顔であたしの肩を抱き、みんなに自慢するように手まで振ってノリノリ。
　あたしはそんな坂上君の隣で小さくなることしかできなかった。
　でも、うれしい。
　坂上君と、さよならしなくてもいいんだもん。
　これからも、ずっと一緒にいられるんだもん。
　大胆な告白をしたことや、みんなにお祝いしてもらえたことは、一生の思い出になるよね?
　だって、そうでも思わなきゃ恥ずかしすぎてやってられない。
　でも、後悔はしてないからいいんだ。

「美希ちゃん。俺と陽平、どっちが好き？」
　卒業式が終わったあと、坂上君は不安気にそんなことを聞いてきた。
　なんだか、かわいいな。
「そんなの決まってるじゃん！　耳かして」
　坂上君の耳もとで、大好きな人の名前を囁く。
　そしてあたしは、ほんのり色づく坂上君の赤い頬に、そっとキスをした。

　　　　　　　　　　　　　　　　　　　end

あとがき

こんにちは、miNatoです。

この度は『だから、好きだって言ってんだよ』を手に取ってくださり、ありがとうございます。

ありがたいことに、5度目の書籍化をさせていただきました。このような素敵な機会を5度もいただけたのは、いつも応援してくださっている皆様のおかげです。

ホントにホントにありがとうございます！

さてさて、今回の作品は久しぶりのピンクレーベルでした。ピンク作品の書籍化はもうないだろうなぁと思っていたので、お話を頂いた時はビックリしたというのが本音です。

これは1年半前に書いた作品で、しかも、最近はサイトでブルー作品を多く執筆してたので、久しぶりのピンクの編集作業は大変でした。

そこまで大幅な変更はなかったんですが、気持ちの切り替えができなかったというか……。

ドキドキキュンキュンのストーリーが久しぶりすぎて、違和感が（；＿；）

どちらかというと切甘が好きな私がジレ甘の王道ストーリーを書いたのは、実はこの作品が初だったりするんです。

サイトで更新中の時は、大幅に修正したり、削除しよう

かなと思ったこともあるほど苦戦しました。
　そのため、私にはジレ甘の王道ストーリーは向かないと悟ったわけです。
　ですが、苦戦して書いた作品がこうして文庫になってみると、やはり書いてよかったなと思います。
　今そう思えるのも、読んでくださった皆様がいるからです＾＾

　陽平と愛梨のジレジレ感はいかがでしたか？
　早くくっついてよ！とヤキモキした人もいるんじゃないでしょうか？
　実際、私がそうです＾＾
　イジワル男子と素直になれない強がりな女の子。
　ふたりの恋模様を書いている時はとても楽しかったです。特にわかりやすすぎる陽平がかわいくて、ニヤけながら作業をしてました。
　素直になれない愛梨も好きでしたが、ライバルキャラであるノリと深田さんも大好きです。
　深田さんが報われなさすぎてかわいそうになり、最後に番外編を付け足してしまったほどです。
　恋愛漫画や映画でもそうなんですが、私は報われない恋をしているサブキャラが好きなんですよね。
　ヒーローよりサブキャラ派です。
　健気に頑張っている姿を見たら、ついつい応援したくなっちゃいます。そして、かなり萌えます。王道ストー

☆ afterword

リーが向かないのは、そのためかもしれません^ ^
けれど、書いてて楽しかったのでよしとします。
皆様にも作品を楽しんでもらえていたら嬉しいです！

最後になりましたが、この本の出版に携わってくださった元担当の丸井さん、現担当の長井さん、スターツ出版の皆様。
そしてこの本を手にしてくださった読者の皆様に心からお礼を申し上げます。

本当にありがとうございました。
そして、これからもよろしくお願い致します。

2016.07.25　miNato

この物語はフィクションです。

実在の人物、団体等とは一切関係がありません。

miNato先生への
ファンレターのあて先

〒104-0031
東京都中央区京橋1-3-1
八重洲口大栄ビル7F

スターツ出版(株) 書籍編集部 気付
miNato先生

KEITAI
SHOUSETSU
BUNKO
野いちご SINCE 2009

だから、好きだって言ってんだよ
2016年7月25日　初版第1刷発行

著　者	miNato
	©minato 2016
発行人	松島滋
デザイン	黒門ビリー＆大江陽子（フラミンゴスタジオ）
DTP	株式会社エストール
編　集	丸井真理子　長井泉
発行所	スターツ出版株式会社
	〒104-0031 東京都中央区京橋1-3-1　八重洲口大栄ビル7F
	TEL 販売部03-6202-0386（ご注文等に関するお問い合わせ）
	http://starts-pub.jp/
印刷所	共同印刷株式会社
Printed in Japan	

乱丁・落丁などの不良品はお取替えいたします。上記販売部までお問い合わせください。
本書を無断で複写することは、著作権法により禁じられています。
定価はカバーに記載されています。

ISBN 978-4-8137-0123-1　C0193

ケータイ小説文庫　2016年7月発売

『愛して。』水瀬甘菜・著

高2の真梨は絶世の美少女。だけど、その容姿ゆえに母からは虐待され、街でもひどい噂を流され、孤独に生きていた。そんなある日、暴走族・獅龍の総長である蓮と出会い、いきなり姫になれと言われる。真梨を軽蔑する獅龍メンバーたちと一緒に暮らすことになって…？　暴走族×姫の切ない物語。
ISBN978-4-8137-0124-8
定価：本体 580円+税

ピンクレーベル

『白球と最後の夏』rila。・著

高3の百合子は野球部のマネージャー。幼なじみのキャプテン・稜に7年ごしの片想い中。ふたりの夢は小さな頃からずっと"甲子園に出場すること"で、百合子は稜への気持ちを隠し、マネとして彼の夢を応援している。今年は甲子園を目指す最後の年。甲子園への夢は叶う？　ふたりの恋の行方は…？
ISBN978-4-8137-0125-5
定価：本体 570円+税

ブルーレーベル

『青に染まる夏の日、君の大切なひとになれたなら。』相沢ちせ・著

高2の麗奈は、将来のモヤモヤした悩みを抱えていた。そんな中、親友・利乃の幼なじみ・慎也が転校してくる。慎也と仲のよい智樹もふくめ、4人で過ごすことが多くなっていった。麗奈は、不思議な雰囲気の慎也に惹かれていくが、慎也には好きな人が…。連鎖する片想いが切ないラブストーリー。
ISBN978-4-8137-0126-2
定価：本体 590円+税

ブルーレーベル

『絶対絶命！死のバトル』末輝乃・著

高1の道香は、『ゲームに勝つと1億円が稼げる』というバイトに応募する。全国から集められた500人以上の同級生とともにゲーム会場へと連れていかれた道香たちを待ち受けていたのは、負けチームが首を取られるという『首取りゲーム』だった…。1億円を手にするのは、首を取られるのは…誰!?
ISBN978-4-8137-0127-9
定価：本体 580円+税

ブラックレーベル

ケータイ小説 好評の既刊

『だって、キミが好きだから。』 miNato・著

高1の菜花は、ある日桜の木の下で学年一人気者の琉衣斗に告白される。しかし菜花は脳に腫瘍があり、日ごとに記憶を失っていた。自分には恋をする資格はない、と琉衣斗をふる菜花。それでも優しい琉衣斗に次第に惹かれていって…。大人気作家・miNato が贈る、号泣必至の物語です！
ISBN978-4-8137-0076-0
定価：本体 590 円＋税

ブルーレーベル

『キミの心に届くまで』 miNato・著

高1の陽良は、表向きは優等生だけど本当は不器用な女の子。両親や友達とうまくいかず、不安をかかえて自分の居場所を求めていた。ある日、屋上で同じ学年の不良・郁都に会い、彼には本音で話せるようになる。そのうち陽良は郁都を好きになっていくが、彼には忘れられない人がいると知って…。
ISBN978-4-88381-992-8
定価：本体 560 円＋税

ブルーレーベル

『イジワルなキミの隣で』 miNato・著

高1の萌絵は2年の光流に片想い中。光流に彼女がいるとわかってもあきらめず、昼休みに先輩たちがいる屋上へ通い続けるが、光流の親友で学校1のイケメンの航希はそんな萌絵をバカにする。航希なんて大キライだと感じる萌絵だったが、彼の不器用な優しさやイジワルする理由を知っていって…？
ISBN978-4-88381-930-0
定価：本体 570 円＋税

ピンクレーベル

『また、キミに逢えたなら。』 miNato・著

高1の夏休み、肺炎で入院した莉乃は、同い年の美少年・真白に出会う。重い病気を抱え、すべてをあきらめていた真白。しかし、莉乃に励まされ、徐々に「生きたい」と願いはじめる。そんな彼に恋した莉乃は、いつか真白の病気が治ったら想いを伝えようと心に決めるが、病状は悪化する一方で…。
ISBN978-4-88381-439-8
定価：本体 1100 円＋税

単行本

ケータイ小説文庫 好評の既刊

『好きになれよ、俺のこと。』SELEN(セレン)・著

高1の鈍感&天然な陽向は、学校1イケメンで遊び人の安堂が告白されている場面を目撃!! それをきっかけにふたりは仲よくなるが、じつは陽向は事故で一部の記憶をなくしていて…? 徐々に明らかになる真実とタイトルの本当の意味に大号泣!! 第10回ケータイ小説大賞優秀賞受賞の切甘ラブ!!
ISBN978-4-8137-0112-5
定価:本体580円+税

ピンクレーベル

『サッカー王子と同居中!』桜庭成菜(さくらばなずな)・著

高校生のひかるは、親の都合で同級生の相ノ瀬くんと同居することに! 学校では王子と呼ばれる彼はえらそうで、ひかるは気に入らない。さらに彼は、ひかるのあこがれのサッカー部員だった。マネになったひかるは、相ノ瀬くんのサッカーへの熱い思いを感じ、惹かれていく。ドキドキの同居ラブ!
ISBN978-4-8137-0110-1
定価:本体570円+税

ピンクレーベル

『手の届かないキミと』蒼井カナコ(あおい)・著

地味で友達作りが苦手な高2のアキは、学年一モテる同じクラスのチャラ男・ハルに片思い中。そんな正反対のふたりは、アキからの一方的な告白から付き合うことに。だけど、ハルの気持ちが見えなくて不安になる恋愛初心者のアキ。そして、素直に好きと言えない不器用なハル。ふたりの恋の行方は!?
ISBN978-4-8137-0099-9
定価:本体580円+税

ピンクレーベル

『スターズ&ミッション』天瀬ふゆ(あませ)・著

成績学年首位、運動神経トップクラスの優等生こころは、誰もが認める美少女。過去の悲しい出来事のせいで周囲から孤立していた。そんな中、学園トップのイケメンメンバーで構成される秘密の学園保安組織、SSOに加入することに。事件の連続にとまどいながらも、仲間との絆をふかめていく!
ISBN978-4-8137-0098-2
定価:本体650円+税

ピンクレーベル

ケータイ小説文庫 2016年8月発売

『イジワルな先輩に溺愛されて（仮）』まは。・著

大好きな彼氏の大希に突然ふられてしまった高校生の陽菜。嫌な態度をとる大希から守ってくれたのは、学校でも人気ナンバーワンの翼先輩だった。イジワルだけど優しい翼先輩に惹かれていく陽菜。そんな時、陽菜と別れたことを後悔した大希にもう一度告白され、陽菜の心は揺れ動くが…。

ISBN978-4-8137-0136-1
予価:本体500円+税

ピンクレーベル

『＊いいかげん俺を好きになれよ＊』青山そらら・著

高2の美優の日課はイケメンの先輩観察。仲の良い男友達の歩斗には、そのミーハーぶりを呆れられるほど。そろそろ彼氏が欲しいなと思っていた矢先、歩斗の先輩と急接近！ だけど、浮かれる美優に歩斗はなぜか冷たくて…。野いちごグランプリ2016ピンクレーベル賞受賞の超絶胸キュン作品！

ISBN978-4-8137-0137-8
予価:本体500円+税

ピンクレーベル

『キミ色スカイ（仮）』空色。・著

中2の咲希は、チャットで出会った1つ年上の啓吾にネット上ながら一目ぼれ。遠距離で会えないながらも、2人は互いになくてはならない存在になっていく。そんなある日、突然別れを告げられ、落ちこむ咲希。啓吾は心臓病で入院していることがわかり…。涙なしには読めない、感動の実話！

ISBN978-4-8137-0139-2
予価:本体500円+税

ブルーレーベル

『はつ恋』善生菜由佳・著

高2の杏子は幼なじみの大吉に昔から片想いをしている。大吉の恋がうまくいくことを願って、杏子は縁結びで有名な恋蛍神社の"恋みくじ"を大吉の下駄箱に忍ばせ、大吉をこっそり励ましていた。自分の気持ちを隠し、大吉の恋と部活を応援する杏子だけど、大吉が後輩の舞に告白されて…？

ISBN978-4-8137-0138-5
予価:本体500円+税

ブルーレーベル

書店店頭にご希望の本がない場合は、
書店にてご注文いただけます。

★ この1冊が、わたしを変える。★
スターツ出版文庫　好評発売中！！

僕は何度でも、きみに初めての恋をする。

沖田 円（おきたえん）／著
定価：本体590円＋税

誰もが涙し、無性に誰かに伝えたくなる…超感動恋愛小説！

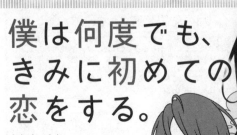

何度も「はじめまして」を重ね、そして何度も恋に落ちる――。

両親の不仲に悩む高1女子のセイは、ある日、カメラを構えた少年ハナに写真を撮られる。優しく不思議な雰囲気のハナに惹かれ、以来セイは毎日のように会いに行くが、実は彼の記憶が1日しかもたないことを知る――。それぞれが抱える痛みや苦しみを分かち合っていくふたり。しかし、逃げられない過酷な現実が待ち受けていて…。優しさに満ち溢れたストーリーに涙が止まらない！

ISBN978-4-8137-0043-2

イラスト／カスヤナガト